2015年度
公安文学精选
（散文诗歌卷）

秘 密

全国公安文联 ○ 选编

代表本年度中国公安文学最高创作水平

一年一度的中国公安文学盛宴

群众出版社·北京

图书在版编目（CIP）数据

秘密：散文诗歌卷／全国公安文联编. —北京：群众出版社，2016.7
（2015年度公安文学精选）
ISBN 978-7-5014-5551-5

Ⅰ.①秘… Ⅱ.①全… Ⅲ.①散文集—中国—当代②诗集—中国—当代 Ⅳ.①I217.1

中国版本图书馆CIP数据核字（2016）第152949号

秘　密

全国公安文联　选编

出版发行：群众出版社
地　　址：北京市丰台区方庄芳星园三区15号楼
邮政编码：100078
经　　销：新华书店
印　　刷：北京通天印刷有限责任公司
版　　次：2016年8月第1版
印　　次：2016年8月第1次
印　　张：10
开　　本：880毫米×1230毫米　1/32
字　　数：275千字
书　　号：ISBN 978-7-5014-5551-5
定　　价：33.00元

网　　址：www.qzcbs.com
电子邮箱：qzcbs@sohu.com

营销中心电话：010-83903254
读者服务部电话（门市）：010-83903257
警官读者俱乐部电话（网购、邮购）：010-83903253
文艺分社电话：010-83901330　　010-83903973

本社图书出现印装质量问题，由本社负责退换
版权所有　侵权必究

出版说明

　　由全国公安文联编选的"年度中国公安文学精选"已经出版了十四卷，即《2011年度公安文学精选》（共三卷，含中篇小说卷《特殊任务》、短篇小说卷《结案风波》、纪实文学卷《追捕始于新婚之夜》）、《2012年度公安文学精选》（共四卷，含中篇小说卷《归案》、短篇小说卷《编外神探》、纪实文学卷《亮剑湄公河》、散文诗歌卷《我的贺年卡》）、《2013年度公安文学精选》（共三卷，含中篇小说卷《命运之魅》、短篇小说卷《沙堡》、纪实文学卷《追捕深海"掠食者"》）和《2014年度公安文学精选》（共四卷，含中篇小说卷《派出所长》、短篇小说卷

《无处可逃》、纪实文学卷《"猎狐"行动》、散文诗歌卷《心中有座百草园》）。这十四卷作品出版后，受到了广大读者，特别是全国各级公安机关民警的欢迎和喜爱。为深入学习贯彻党的十八届四中全会精神和习近平总书记在文艺工作座谈会上的讲话精神，积极落实好公安部关于推动公安文化大发展大繁荣的实施方案中提出的"推出更多公安题材优秀文化作品，出版年度公安文学精选"的要求，进一步加强公安队伍思想文化建设，着力打造公安文化品牌，推出公安文学精品，发现和扶持公安文学创作人才，满足新时期公安民警对公安文化的新期待、新需求，推动公安文化大发展大繁荣，同时更好地满足社会广大读者对优秀公安文学作品的阅读需求，全国公安文联和中国人民公安出版社决定继续编选、出版《2015年度公安文学精选》。

《2015年度公安文学精选》的入选作品，均为发表后受到读者广泛好评，并产生较好的社会效益的优秀公安文学作品，代表2015年度中国公安文学创作在中篇小说、短篇小说、纪实文学、散文、诗歌体裁中的最高创作水平，在思想性和艺术性方面具有突出特色，是奉献给广大关心和热爱公安文学的读者的精神大餐。

这是中国公安文坛第五次举办全国性年度公安文学作品精选的征集选编活动。《2015年度公安文学精选》共出版四卷，即中篇小说卷、短篇小说卷、纪实文学卷、散文诗歌卷。

"年度中国公安文学精选"编委会办公室
2016年5月16日

目　录

散　文（2015年度）

我在马路边捡到一分钱／李　动	3
大哥的油钱／黄华清	10
秘　密／陈航岚	13
留住温暖和希望／代　雁	16
大山中的冰凌花／韩秀媛	22
朴树情怀／朱东锷	26
你那怯怯的眼神／徐振江	30
母亲的叮咛／杨素宏	33
永恒的心灵地标／聂虹影	39
泅在墨香里的老头儿／张会芬	42
一个被土地击碎的誓言／吴顺天	47
我读懂你身上的伤疤／艾　璞	55

你有权保持沉默／王　勃	59
爸爸的花儿落了，我不再是小孩子／平安珮	62
土里长出小草／董维华	64
致宝贝／罗明吉	68
病　人／张　品	71
想象的父爱／万艾东	74
扫　墓／杨　敏	77
感动春天的那些瞬间／李晓光	79
秋天的童话／郑　伟	83
十五的月亮／黄　志	89
所谓的聪明与傻／吕　铮	93
润物细无声／郭　卫	97
我救过的一个女人／徐春燕	104
艰难年代的读书故事／甘克明	107

派出所里的老王 / 刘　建 …………………… 111

坚不可摧的力量 / 刘　丽 …………………… 114

小情大爱 / 张明雪 …………………………… 118

一位好交警感动一座城市 / 杜跃清 ………… 121

月亮之上 / 吴东林 …………………………… 126

橘红色的暖 / 刘美兰 ………………………… 131

朝阳般绚烂的生命 / 黄　敏 ………………… 134

民警的家是肩上的星 / 陈丙现 ……………… 138

四十岁的生日礼物 / 刘屹东 ………………… 142

李台乡情 / 李　勇 …………………………… 145

我想对你说 / 张文忠 ………………………… 155

有一种爱，妈妈来不及给你 / 仇恒泉 ……… 159

我眼中的一名京城民警 / 夏晓露 …………… 162

高原女儿红 / 张玉波 ………………………… 167

诗 歌(2015年度)

红绿灯下 / 陶雅婷	173
雪"染"警徽更闪烁 / 李 慧	174
世上有种美丽的花 / 余芳芳	176
英魂总是警徽最深的注解 / 徐永强	178
父母亲情 / 赵德印	180
警 嫂 / 陈景程	182
走访一位乡村老警 / 徐振江	184
女法医 / 张振刚	187
致我的战友 / 张建文	189
青春梦之歌 / 徐正彬	192
长江 每朵浪花都有了哭声 / 周孟杰	194
致牺牲民警和他的妻子 / 史贵中	197
警 嫂 / 柳永建	200
清网进行时 / 王运平	202
我们永远并肩前行 / 许 鹏	204

牵　挂 / 孙燕凌 ········· 208
妈妈，我就是你的女儿 / 赵　琳 ········· 210
灿烂的笑容 / 程建国 ········· 212
春天的列车 / 卢鑫婕 ········· 216
登北高峰时想起一位警察兄弟 / 艾　璞 ········· 217
平凡如是 / 骆　浩 ········· 219
我们是一群回到真相的人（组诗）/ 翟营文
········· 223

雪中的丰碑 / 俊　霖 ········· 228
我是一棵卑微的青草 / 吴顺天 ········· 231
值班描述 / 穆蕾蕾 ········· 233
警事手记（组诗）/ 郭海滨 ········· 236
蓝色十四行 / 李晓光 ········· 239
我是一名村警 / 张玉波 ········· 242
草原之子 / 苏雨景 ········· 244
大爱无言 / 王富举 ········· 246

大地上的风／杨　角	248
一树春天／许　敏	250
面　具／黄　玲	252
崖壁上的一株野百合／蓝花布	254
生命是最高的诗行／沈国徐	256
2015年的祭奠／于隽永	258
明天　我就要脱下警服／李江渝	260
讲　台／葛峡峰	264
存　在／衡晓帆	265
网　警／郭　卫	266
瞬间感动，那风雨中的民警／陈丙现	268
树／吕从坚	270
为警察造像／沈秋伟	272
致猎狐战斗中的战友／邓醒群	274
兄弟，你是我含泪仰望的飞翔／逯春生	277

誓言凝出忠诚的血花 / 张杰帅 ………………… 279

我爸就是你爸 / 亦　飞 ………………………… 281

宝贝　只想再闻闻你的味 / 袁瑰秋 …………… 283

在你离去的日子 / 方　竹 ……………………… 285

老枪的背影 / 杨士鹏 …………………………… 290

反恐，我们在战斗 / 郭梦臣 …………………… 291

警察生活（组诗） / 李尚朝 …………………… 294

老去的只是时间 / 游雪立 ……………………… 299

滹沱河之诗 / 陈　良 …………………………… 302

警察之歌 / 青蓝格格 …………………………… 304

 散 文
(2015 年度)

我在马路边捡到一分钱

李 动

儿歌大王潘振声创作的《一分钱》儿歌，滋润和启迪了几代儿童的心灵。十多年前，他将歌颂警民关系的儿歌《一分钱》手稿无偿地捐献给了上海公安博物馆，他的义举令征集作品的民警深为感动，也赢得了民警们的敬重。

中央电视台《艺术人生》栏目主持人朱军为纪念故去的儿歌大王潘振声老师，特意邀请了几位儿歌作曲家和上海公安博物馆的退休民警孙浩等人做节目。朱军采访孙浩时，他说起自己与潘振声的交往，颇为动情，声泪俱下。我被潘振声老师的高风亮节和孙浩的真诚待人深深打动，翌晨，找到了孙浩家的电话，下午应约来到孙浩家采访。

寻觅《一分钱》儿歌的词曲作者

房门打开的一瞬,见站立眼前的白发男子竟然就是孙浩,令我感慨万分。几年不见,他似乎变了一个人,真让人感叹岁月无情。

寒暄几句后,我便切入正题,好奇地问:"儿歌大王潘振声的《一分钱》儿歌手稿,你是怎么征集来的?"说起潘振声老人,孙浩感慨道:"他真是一个好人!"之后,孙浩向我娓娓道来。

1998年,孙浩在参与筹集上海公安博物馆展品时,第一任公安博物馆馆长俞烈对孙浩说:"《一分钱》是描写警民关系的经典音乐作品,我们都是听着这首儿歌长大的。这首儿歌脍炙人口,并家喻户晓,而且诞生在上海。你是文艺界出来的,想办法找到作者,向他征集这首儿歌的手稿。"

孙浩过去虽然从事过音乐研究,但中国之大,作曲家之多,他不可能都认识,一时没了方向。为难之际,他想起了原南市区区委书记李伦新时任上海市文联党组书记,找找他可能有戏。于是孙浩冒昧地给李书记打电话说明了缘由,李书记爽快地说:"这个没问题,两天后给你回信。"

两天后,果然有位上海音乐家协会的同志给孙浩来了电话:"文联的李书记让我找《一分钱》的词曲作者告诉你,他叫潘振声,是我们上海人,原在上海人民广播电台工作,但是50年代被调到宁夏回族自治区去了,听说现在是宁夏回族自治区文联的副主席。"

孙浩得知《一分钱》词曲作者的名字后,喜不自禁,感到有姓有名后就有了方向。他一个电话挂到宁夏回族自治区文联,对方热情地告知,此人80年代已调入江苏文联任副主席。孙浩马上又打电话到江苏文联,对方却警惕地说:"电话里又看不到介绍信,怎么知道你是上海公安局的呢?"孙浩解释说:"我告诉你电话号码,你查一下就知道我打的是公安局的内线电话。"随后对方果然打来了电话,证明无误后,才告知潘振声家的电话。

孙浩激动地打电话到潘振声的家，接电话的正是潘老师。他好奇地问："你是哪位？"孙浩解释说："我是上海市公安局的，我们现在正在筹备公安博物馆，大家都认为你创作的儿歌《一分钱》家喻户晓，是警民关系的代表作，我们想征集这首儿歌的手稿，不知潘老师是否愿意捐献出来？"潘老师听后毫不犹豫地说："你们上海公安筹建博物馆，我赞成，我一定支持，我决定把《一分钱》儿歌手稿捐给你们。"孙浩激动难抑地说："真是太感激了，我马上到南京来取。"没想到潘老师却说："你们不要来南京，我亲自给你们送来。"孙浩有点儿不相信自己的耳朵，再次得到潘老师证实后才挂了电话。

老人深情地回忆《一分钱》的创作过程

1998年12月21日，一个宁静的冬日，下午4时，俞烈馆长与孙浩来到上海新客站接潘振声老师，他们站在午后的阳光下举着大牌子，潘老师走过来自报家门。俞馆长与孙浩激动地将老人接到大沪饭店，时任政治部副主任应根宝特意赶来为潘老师接风洗尘。饭毕，应副主任对孙浩交代说："你与潘老师谈一下，如果对方提出知识产权问题，我们也应该予以适当的经济补偿。"

孙浩陪着老人来到客房，热情地为老人沏茶，等潘老师一切安排妥帖后，他便与潘老师聊了起来。老人深情地向新认识的警察朋友聊起了自己的身世和当年创作《一分钱》的经过。

潘振声是上海人，1933年生于青浦县，自幼酷爱音乐，在小学念书时就担任学校合唱队的指挥。抗日战争时期，他小小年纪就上台指挥过《卖报歌》《大刀进行曲》《只怕不抵抗》等抗日救亡歌曲。后因家境贫寒，只能辍学去当童工和报童。解放后，因为喜欢音乐，潘振声考进了上海现代影剧演员学校。1950年毕业后，为了报党恩，他报名参加了中国人民解放军，当了一名炮兵，春节期间新兵连举行文艺演出，潘振声吹拉弹唱，样样都会，一场下来赢得了满堂彩。后来他便因他的文艺特长当上了师部的文艺兵。

1955年潘振声复员后，民政局的同志见他是个文艺兵，便分配他到上海市徐汇区漕溪路小学任音乐老师兼少先队大队辅导员。这年春天，潘振声尝试地创作了儿歌《我们来到了花园里》，歌声很快飞出了校园，传遍了上海。随着他的儿歌创作的出名，1957年，他被调入上海人民广播电台任音乐制作人。这时，他情绪高昂，正逢创作高峰期。1958年，潘振声又创作了儿歌《小鸭子》，歌词里有一句："再见吧，小鸭子，太阳下山了。"有人指责他："太阳下山是影射伟大领袖。"就这样，潘振声莫名其妙地被发配到边区宁夏人民广播电台。

1965年，中央人民广播电台"小喇叭"节目组写信给潘振声向他约稿，请他创作一首表扬"好孩子"的歌。潘振声一接到约稿信，马上沉浸在了当年任音乐老师的往事回忆中。

潘振声任少先队大队辅导员时，经常给孩子们上道德教育课，教育孩子们要爱祖国、爱社会、爱学习、爱劳动，要做个诚实的孩子。那时，他放在办公桌上的大头针小盒内，经常堆满了孩子们交来的一分、两分硬币，孩子们拾金不昧的行为，常常拨动着他的心弦。虽是一两分钱，但折射出孩子们美好纯洁的童心。而当年在漕溪路口有位交通民警，不管是刮风下雨，还是酷暑严寒，每天都护送孩子们过马路。到了路口的另一边时，懂事的孩子们总是挥着小手，稚声稚气地叫一声："叔叔，再见！"并回头目送着警察叔叔远去的背影。这情景深深地印在了潘振声的脑海里，萦绕在他的心头。

潘振声创作"好孩子"儿歌时，这一幕幕真实感人的情景又浮现在了他眼前。他觉得这是真切的往事，不能虚假，也不能成人化，曲调一定要让孩子们易学易唱，要跳跃、优美。他白天冥思苦想，可就是没感觉。晚上躺在床上，夜不能寐，望着皎洁的月亮，突然家乡的沪剧紫竹调的旋律跳入他脑海。他立即爬起来拧亮台灯，紫竹调的旋律旋即幻化成带有城市色彩和明快的旋律，经典儿歌《一分钱》就这样诞生了。

这首儿歌一经中央人民广播电台播放，就像插上了飞翔的翅膀，迅即飞向了大江南北，孩子们唱着儿歌去上学、去劳动、去做好事。几代儿童的心灵都受到了这首儿歌的滋润和启迪。

往事如烟也动情，孙浩听着老人讲述如烟的故事，激动不已，但是他心里还在担心怎么与老人谈判。

孙浩战战兢兢地对老人提出："潘老师，关于《一分钱》手稿的知识产权问题，您看怎么办？"老人反应极快，他挥着手坚决地说："孙警官，我是一个受过磨难的老共产党员，我知道我的社会责任在哪里，我是共产党的艺术家。上海要建共和国首座公安博物馆，我举双手赞成，我坚决支持，我决定无偿地捐献给你们！"

孙浩听罢心头一热，眼睛有点儿湿润。他竖起大拇指动情地说："潘老师，我打心眼儿里敬重您老人家，不仅是因为您创作了一千多首儿歌，更是因为您老共产党员的人品！"

儿歌大王与警察成了忘年交

有了这次特殊的工作联系，孙浩认定了要交这位德艺双馨的儿歌大王为朋友，每年他都会买些礼品到南京去探望这位令人敬重的老人。那年夏天，孙浩去南京探望潘老时，他们就在潘老师家楼下的饭馆里吃饭。潘老师走路背有点儿驼，孙浩搀扶着他过了马路。

吃饭时，孙浩向老人开玩笑说："您的儿歌里是警察叔叔扶孩子们过马路，现在却是警察叔叔搀扶老人过马路。"老人听了没有笑，却辛酸地说："我背驼是因为在宁夏时，那些造反派用鞭子抽打的，他们用的是钢丝鞭子。"老人掀起了自己的衣服给孙浩看，他的手上、背上还留有伤印。孙浩无言，心里流泪。

老人讲起了被发配到宁夏后，娶了一位女工，没有生育，领养了一个女孩，可"文化大革命"时妻子也离他而去，真是祸不单行。这顿饭吃得有点儿沉闷，老人说着说着念起了自己写的打油诗，孙浩感到挺有意思，便让潘老师写下来。潘老师顺手取出了自己的名片，在背面写上了那首当年涂鸦的打油诗：

我不哭

童年家劳皮包骨,少年岁寒当学徒;
青年得志遭厄运,壮年有家不幸福;
老来伏案何所求,一生无愧大丈夫。

潘振声作于 1990 年 8 月 10 日凌晨

孙浩接过写在名片背面的打油诗,读罢心里五味杂陈,为老人的坎坷一生而唏嘘不已,也为老人的豁达大度而心悦诚服。

一来二往,儿歌大王与孙警官熟了,也认了这个知情重义的警察朋友。他们成了忘年交,老人每次来上海探望姐姐,都会给孙浩打来电话,接到潘老师的电话,孙浩都会去看望他。有一次,孙浩去潘老师姐姐家告知潘老师《一分钱》的手稿被国家文物局评定为现代一级文物,老人听罢脸上露出了孩子般天真的笑容。

又有一次,老人来上海,孙浩去看望他,这天他心情很好,聊起了自己晚年的幸福生活。粉碎"四人帮"后,潘老恢复了名誉,当上了宁夏文联副主席和音乐家协会主席,后来被调到了江苏任省文联副主席,不久,又任中国音乐家协会理事。潘老师的晚年生活总算安定了下来。可他整天沉浸在儿歌创作中,形单影只,无暇顾及自己的生活。有热心人为潘老师介绍了一位幼儿园的老师,他们一见钟情,交往了几次就结了婚,老人还有了两个继女,都对他很孝顺,晚年的潘老生活得很幸福。

但潘老师没有放下手中的笔,依然热心地为孩子们写歌。他花了多年时间呕心沥血写成了五十六首各民族的儿歌,充满信心地送到音乐出版社,人家却要收费,而且是几万元。老人纳闷地感叹:"博物馆出二十万元收我的手稿,我都不要一分钱,我为孩子们写歌,为啥这么难?"潘老有点儿想不通,便找到中国音乐家协会主席、著名作曲家徐沛东,徐主席曾给潘振声颁发过音乐特别贡献奖。潘老师还获得过"五个一"文化工程奖，并且是唯一获得过金唱片奖的儿歌作曲家。但是这些对于市场经济下流行歌曲发展的大潮来说都无济于事，这成了潘老师终生的憾事。

不管港台流行歌曲如何横扫大陆，但是潘老师的儿歌毕竟滋润了几代人的心灵。2004年，孙浩陪潘老师到中央电视台制作《一分钱》的节目；时任公安部副部长的杨焕宁的爱人特意请潘老师和孙浩到他家做客，杨部长还拿出了存放多年的五粮液。他给潘老师斟满酒深情地说："我们都是听着您的儿歌长大的，来，今天我代表全国的公安民警敬您一杯！"杨部长动情地一口干了酒，潘老师也动情地一饮而尽，千言万语，尽在一杯之中！

不管潘老师走到哪里，只要提起《一分钱》《春天在哪里》《小鸭子》等儿歌，三十岁以上的人都耳熟能详，会哼唱几句，他们都会对这位老人表示自己的敬意。这让潘老师感到欣慰。

孙浩每次去南京探望潘老师，见一对老夫妻相濡以沫，举案齐眉，都觉得很感动。

未料，2009年2月，潘老师的妻子突然被查出患了胃癌，且已是晚期，老人的精神被猛地一击。他每天去医院照顾老伴儿，由于身心疲惫，老人于3月突发脑出血倒下了。孙浩闻讯后，一个月里去了三次南京探望病中的潘老师。第一次和第二次潘老师头脑还算清楚，5月8日，孙浩第三次去探望潘老师时，他已深度昏迷，不能言语。孙浩在他的耳旁大声说道："潘老，你要坚强，全国三千万的儿童还等着听你的儿歌呢！"潘老师慢慢地跷起大拇指，眼泪从他的眼角缓缓地流了下来。

2009年5月14日，潘振声老人不幸与世长辞，享年七十七岁。潘老虽已远去，但他写的儿歌永远留在了孩子和警察的心里，并会一代代传唱下去。

（原载《解放日报》2015年7月21日）

大哥的油钱

黄华清

周六。阴雨天。九江市某出租屋。

刚坐下,大嫂就一顿数落,细佬到俺这儿还买东西啊?大哥也在一旁念叨,细佬那么忙能来看俺俩,高兴啊!我心里愧疚,要不是想退还大哥正月里给我的油钱,也许在市里办完事就回县城的家了。

大哥年近六旬,在九江打工多年。粉刷墙面、贴瓷砖,活儿干得漂亮,价钱也公道,因而客户多。当然也有没活儿干的时候,他就和伙计们"摆牌儿":或坐或蹲或站在一大桥底下,前面放上一块硬黄纸,上书:泥工。

大哥一高兴就把过年时我送他的白酒开了。大嫂在厨房烧菜,一个接一个端上桌,偌大的八仙桌被摆满了。大嫂你也来吃啊,弄这么多菜,招待贵宾啊！我笑嘻嘻地说。大嫂接过话茬儿，细佬，你陪你哥喝一盅，明天又不上班，今晚就住这儿，有床铺。听了大嫂的话，我满上一杯。

细佬，侄儿正月能讨上媳妇，多亏你开车跑了几个来回，才把事搞定了。大哥抿了一口酒，一脸的幸福。我说，你竟然还给我七百元油费，这是兄弟吗？大哥嗔怪着，油又不是你造的，也要买呀！

大哥你忘了？那年我报考警校，没钱报名，是你带我到石堂做工。我扶钢钎，你举大锤，把山崖壁下的大石头分割成一块块小石头，然后把小石头搬上车，挣些工钱。

大哥你忘了？上警校前一天，你看到我把拣好的衣物放在一个蛇皮袋里，你说不体面，就偷偷地跑到镇上，用半个月才能挣回的工钱帮我买来一个灰色提包，然后又把你过年才舍得穿的中山装偷偷塞到提包底层。上警校后，你十元十元地给我往警校寄，不知寄过多少回啊！我边说边把七百元油钱往大哥口袋里塞，大哥用那双粗糙干裂的手拉扯我的手，我顿时有种刺痛的感觉。手背痛，心也痛。

大哥坚持拒绝了。我一阵阵难过。

侄儿二十六岁才讨上媳妇，大哥悬着的心落地了。去年正月前后，从相亲到订婚、结婚，我开车跑了几趟，大哥始终记在心头，先是塞钱被我拒绝，后又把钱交给父亲，让父亲转交给我。但于我，无论如何我都不可能要这油钱。

大哥生活不易啊，作为我们兄妹七个中的老大，吃过的苦、受过的累，数也数不清。他的善良豁达，总让我从心底感叹，长兄如父！

不知不觉中，夜已深沉，我和大哥把一瓶酒喝了个底朝天。迷糊中，我和衣倒在床上。

一觉醒来，已是翌日清晨。大哥也和衣蜷缩在床头，白发婆娑，一脸的疲惫和沧桑。我的心一阵痉挛。我悄悄地把钱放到了枕头底下。

大哥把我送到车站，执拗地坚持要等车走才离开。车启动了，大哥挥挥手，随车小跑，瘦小的身影在我眼里越来越小，越来越模糊，却在我心里越来越大，越来越清晰。

(原载《人民公安报》2015年1月16日)

秘　密

陈航岚

外婆走的时候，他还在抓捕在逃人员的路上。因为只有他与这个跨境作案的在逃人员正面接触过，所以他不敢请假回去。专案组好几次组织抓捕都扑了空，大伙觉得这次是抓捕的最后机会，一旦罪犯逃往境外，抓捕难度将非常大。

七天后，他回到了外婆曾经居住的那个小县城，敬老院的院长把一个棕檀色的骨灰盒和一个红布袋子交到他手里。凝望着骨灰盒上外婆的照片，他控制不了自己，跪倒在地上仰天长啸。

父母在他未满周岁时就离开了，他与外婆相依为命。后来，他到省城当警察，外婆就搬到了敬老院。就在外婆临走的前一个月，曾多次打电话催促他有空回来一趟，可他赶上了"清网行动"，一直脱不开身。他想等忙过了这一阵，一定休年假，把新谈的女朋友一起带回家见外婆。可是外婆没有等到他带女朋友回来，就走了。

外婆已经在敬老院居住了快一年，那个他儿时与外婆一起居住过的四合院，是在太外公手上修建的，门一直锁着。城区改造，四合院也在拆迁的红线范围内。外婆给的红布包里藏着一个暗袋，里面别了一把钥匙。他知道这是四合院的钥匙，他要带着外婆一起重回四合院。

打开四合院的门，梧桐树叶铺满了院子，踩在上面，发出细细碎碎的声音，仿若外婆在时的细细唠唠。他无力再推开外婆房间的房门，就在院子中通往正房的小台阶上坐下。他打开外婆留给他的小包，里面除了一本房本、一本存折，还有一个信封。他知道外婆不识字，这信应该不是外婆写的。字迹很娟秀，信纸有点儿发黄，抬头写着敏儿，敏儿是他的小名，他拿信的手开始微微发抖……

原来这封信是妈妈二十三年前写给他的，妈妈告诉他他的爸爸曾经也是一名缉毒警察，当时为了抓捕一名毒枭，打入毒贩内部当卧底。为了取得毒枭的信任，爸爸以身试毒，最后因为毒瘾发作自杀。妈妈为了追随爸爸，把还未满周岁的他托付给外婆，并叮嘱外婆，等他长大后一定不能让他再报考警校。他终于知道，当年填报高考志愿时，外婆为何死活不让他选择警察院校。但即便是这样，毕业后，他还是偷偷地通过公务员考录加入了警队。外婆知道这一切时，不停地摇头，叨叨着："我对不起你妈妈呀！"但那时，他根本不知道外婆的心里藏着这样一个秘密。二十三年来，除了爸爸妈妈的名字之外，外婆从未告诉他其他任何有关爸爸妈妈的信息，外婆害怕他知道后，会重走他父亲的路。

四合院的东厢房，长年锁着，外婆每年都会进去几回，出来时眼眶通红，但从来不让他进去。因为害怕外婆生气，他也一直不敢打开东厢房的房门。今天，他终于推开了东厢房的房门，他看到了父母的遗像，穿着军绿色警服的爸爸是那样的慈祥。

当天刚好是他入警一周年的日子，从不喝酒的他，买来了一瓶啤酒。面对着父母的遗像，他借着酒劲儿，诉说着他从警的衷肠。

不胜酒力的他很快就醉倒了,睡梦中,妈妈轻抚着他的头,告诉他:"敏儿,既然你这么热爱你的职业,妈妈尊重你的选择,妈妈只希望你在保护群众的同时,也要保护好自己……"

(原载"中国警察网"2015 年 7 月 16 日)

留住温暖和希望

代 雁

家里要装修了,找了个时间收拾那些破破烂烂,翻开一个老式的蓝皮文件夹,一封信掉落在地上,牛皮信封上赫然写的收信人就是我,邮票已经陈旧且摇摇欲坠了。

我随手捡起,里面是两张照片:一张是一个三四岁的小女孩儿骑坐在童车上,一双惹人怜爱的大眼睛如两泓清泉般湛然清澈,粉嘟嘟的小脸上深深印着两个酒窝,抓髻小辫子调皮地立在头顶;另一张是一个年轻的女人抱着小女孩儿的合影,从女人慵懒而满足的神色里,能感受到那厚重的母爱。两张照片背景大致相同,估计是在北京紫竹院一类的公园里拍的,虽然摄影水平不敢恭维,但能明显感觉到照片主人公脸上那满满的幸福,还有温暖和希望。

看着照片，我呆住了，记忆带我重又回到多年前那个寒冷的冬天……

记得当时快过年了，应该还有半个月吧，天出奇的冷，快到后半夜，又飘起了小雪。我刚处理完一起纠纷，裹着警用大衣站在派出所院里，呼吸着潮湿而冰冷的空气，享受着从里到外的神清气爽。清风送雪，洒落一地的银白，在昏黄的门灯辉映下，竟给整个小院笼罩上一层静谧的金色。我一边并拢双腿蹦着，一边心里胡思乱想：老天爷，再冷点儿吧。我今儿值班，最好贼们冻得出不了门；老百姓全都回家老婆孩子热炕头。关键是报警少点儿，让我能睡会儿安稳觉。

想着想着，值班室老旧的弹簧门吱嘎一声，大黄师傅硕大的身躯挤出了一半："小代，快！304 医院，上车再说！"

"哎！"我麻利地应着，心里有点儿懊恼——真不禁念叨。拿上材料和纸笔，我快步上了早已等在门口的切诺基警车，车子先兔子似的蹿了两蹿，随即一溜烟绝尘而去。

那年大黄师傅四十多岁，朴实憨厚，经验丰富，总让我觉得像个长辈。记得有一次我值班时，突然高烧近四十度，难为大黄师傅二百多斤的大块头，愣是深更半夜呼哧带喘扛着我在医院里上上下下，检查、打针、交费、拿药，等我感动得眼泪哗哗地说谢谢的时候，他憨笑着擦着一脑门子汗，只说了一句："没事就好。"我们这些二十郎当岁的小崽儿们（老民警们对我们的昵称）都喜欢和他一起干活。

在车上，大黄师傅告诉我，就在十几分钟前，一个昏迷不醒的八九岁小女孩儿被人遗弃在医院急诊室门口，医院初步诊断是外伤导致的重度闭合性颅脑损伤，有生命危险，正在全力抢救。

感到医院后，我和大黄师傅跳下车直奔 ICU 重症监护室。从急救部张主任凝重的眼神中，我们都感到了事情的严重性。

"人呢，谁送来的？"大黄师傅焦急地问。

"不知道，没人看见。这孩子非常危险，我们会尽力抢救，也请你们帮助查找亲属。"

张主任正说着，楼道里一阵喧哗，一个护士冲进来："孩子家属来了。"

我和大黄师傅对视一眼，马上迎了出去。ICU门前，一个头发凌乱面色惨白的中年女人挣扎着哭喊着要冲进去："晶晶，晶晶，你怎么了？"

几个护士劝阻着，拉扯着，场面有点儿乱……

凌晨两点多，重症监护室里的大夫护士还在紧张忙碌着。另一边，在急救部办公室里，我们好不容易稳定住中年女人的情绪，一杯热茶使她苍白的脸上有了些许血色。

"您再喝点儿热水，别着急，有话咱慢慢说。"大黄师傅关切地说。

"那是我的孩子，我是晶晶的妈妈……"

"孩子这个样子，你知道是怎么回事吗？"

"我不知道，但我知道是谁干的。"

"谁？"我和大黄师傅不约而同地问。

"是晶晶的爸爸。"晶晶妈轻声啜泣起来。

"怎么会？"我当时的感觉，用"匪夷所思"这个词形容比较合适。

晶晶妈没有理会我们的疑问，自顾自喃喃地说着："我们结婚一年有了晶晶，孩子长得又漂亮又可爱。可谁知道，连续一天的高烧让孩子大脑受损，成了弱智……她爸就开始嫌弃这个孩子，也嫌弃我。他开始酗酒、赌钱，喝醉了回家就大吵大闹，还经常打我们娘儿俩。每次孩子都使劲儿搂着我，一声不吭，哭都不敢哭……孩子五岁那年，我们离了婚。她爸户口不是北京的，又没有固定工作，孩子判给了我。她爸偶尔也过来看看孩子，前天他来的时候特别高兴，说挣了点儿钱。我知道那是在牌桌上赢的。他说要带孩子去他那儿住几天，我拗不过，就答应了，可心里老是不踏实。今天我去接孩子，听邻居说，出事了……我对不起孩子呀……"

说到这儿，晶晶妈埋下头，终于从胸腔里爆发出一声压抑已久的痛苦呜咽。

我们立即把晶晶爸列为重大嫌疑人，并向所里进行了汇报。所里马上派警力分头对嫌疑人住所、落脚点和社会关系进行调查，准备实施抓捕。

眼看着天快亮了，睡意一阵阵袭来，真困啊，我的眼睛越发模糊起来。此时，大黄师傅也坐在那里若有所思。我心想，师傅肯定也困了。我轻轻起身，正要把窗户打开提提神，大黄师傅忽然站起来三步并作两步把我拉到了走廊里："你说，你把自己孩子伤了，你会躲哪儿去？"

"师傅，您怎么一惊一乍的？您问我？我还没结婚呢……"不过，经大黄师傅这么一说，我心里倒真的琢磨上了，猛然间，我想到了一个地方，"师傅，您是说……"

大黄师傅冲我眨眨眼。

为了不打草惊蛇，我和大黄师傅反穿着警用大衣向医院大门口走去。扑面而来的冷气冻得我直缩脖子，雪花落在脸上成了冰碴儿，透心凉啊。

"看那儿！"大黄师傅碰碰我的胳膊。果然，医院门外二十多米的小树后有个躲躲闪闪的人影。

当看清对方的黑皮夹克时，我的声音都有点儿颤抖："就是他！"

对方看见我们，愣了一下，转身要跑，可是脚步踉跄，满地画着龙，就是跑不出个直线。我迅速冲过去，把那家伙结结实实地扑倒在雪地上。旋即，大黄师傅如小山般的肉身稳稳地坐在了对方的腰上。

"小心，有东西！"我一边提醒着师傅，一边奋力从那家伙的皮夹克里拽出个物件来，定睛一看，竟是半瓶二锅头。我头皮发麻，"孙子！你还喝哪！说，叫什么名字！"

……

办公室里温暖如春，可坐在我们对面的那个男人（就是晶晶爸，但我不想用这个词，他不配）浑身上下筛糠一样不停地颤抖。

"晶晶是我这辈子的失败，我受不了……"

"我喝多了，晶晶给我倒水，把暖壶打了，还不好好吃饭……"

"让我一脚踢飞了,又摔下来,头先着地。我不是人……"

"扔医院了……害怕,接着喝酒去了……不记得……"

从他断断续续的交代中,当晚的情况逐渐清晰。可是直到今天,我都不愿把那些支离破碎的情节拼凑完整。那个可怜的孩子面对的是一个怎样的夜晚啊……

"晶晶,她……怎么样了?"颤抖骤然停了下来,那个男人试探地问,表情就像行将溺毙的人看到了一根稻草。

我怒了,霍地站起身:"你还是人吗!"

"小代,坐。"大黄师傅的语气中透出压抑的沉静,宽厚的大手轻轻地而又是坚决地把我按坐下来。但我分明看到,他记笔录的那只手早已把笔录纸搓出了深深的褶皱。

窗外,天亮了……

晶晶这个可怜的孩子,在 ICU 里苦熬了十几天,终于还是走了。我清楚地记得,她走的那天是大年三十的中午十二点零五分。我和大黄师傅赶到的时候,输液管、心电仪等已经除去了,羸弱的身子被白单子盖着,清秀的小脸上平静如水,仿佛天使在熟睡。我哭了,晶晶妈哭了,医生护士们都哭了。大黄师傅使劲儿用手压着帽檐,默默转身走了出去。

八个月后,那个男人被法院以故意伤害罪判处有期徒刑十年,当时在媒体上还引起了不小的争论。我却已经不再关心了,我想,对于我未来的警察生涯来说,那只不过是我办过的无数案子之一罢了。

转年的春节,我收到了一封来信,信里除了两张照片,还有晶晶妈写的一段话:"晶晶是个苦命的孩子,只在这个世界上生活了短短九年。但是在她最后的日子里,遇到了你们这些好心人。作为晶晶的母亲,我衷心感谢你们,祝好人一生平安。"

眼前的字迹渐渐模糊了,恍惚中,我又被拉回了现实。

这段往事,我没有忘记,而且永远也不会忘记。这些珍贵的记忆将作为我人生的收获,永远在我的生命中积淀、升华。也许,我不是个优秀的警察,有时候太冲动,太过情绪化,但我觉得所有正直的警察骨子里都是一样的,为了感动的而去感动,为了鞭挞的而去鞭挞,为了捍卫的而去捍卫。他们希望每当朝阳升起的时候都是崭新的,每个人的生活都是美好的。

(原载《啄木鸟·公安文学专号》2015年秋季号)

大山中的冰凌花

韩秀媛

谨以此文怀念黑龙江省第七届"我最喜爱的十大人民警察"张国森及那些远去的老警们。

——题记

周末,春寒料峭中,第一场春雨淅淅沥沥地飘起来。一支莫名伤感的调子缓缓地奏响了春的序曲。老警,天空也在为你流泪吗?

跟随着户外徒步群,我要穿越小兴安岭的一支山脉。我知道,那里是你的家乡,是生你养你六十年的故土。我要踏一踏你曾走过的土地。十几公里的路途不算遥远,我却万分疲惫,也许是揣了一份哀思吧。一路上,我催促自己,跟紧一些,再快一些。老警,请等等我。

到达山顶时,刚好九点。我知道,在绥棱县

城举行的告别仪式已经开始。我仿佛听到悲痛的哀乐。老警,你静静地躺在百花丛中,身上是那件深蓝色的警服,头上戴着大檐帽,鲜红的党旗覆盖在你的身上。你轻颔双目,眉头和皱纹都舒展开来,你在鲜花丛中微微笑着。如果没有亲人纷飞的眼泪,没有战友和群众低声地啜泣,你恬静而安详的样子让人觉得,你没有离去,也不曾走远。你只是累了,想要歇一歇脚,小睡上一会儿,睡醒后,你会精神抖擞地下片走访,和老百姓唠家长里短,和他们谈笑风生。

可是这一次,老警,你该把操劳和牵挂都放下了。难道你不觉得,三十七年,你肩头扛的担子太沉重吗?

老警,你不认识我,我却很早就关注你了。那年,在市局春节联欢晚会上,我被那首优美的《大山之子》吸引了。以你为原型的诗歌将我的眼眶打湿。你被那里的老百姓喻为大树、森林,你走到哪里,哪里就有阴凉。"有事找老张",已经成为山里人的口头禅。

你不但是优秀民警,更是不折不扣的硬汉。打击防范,破案追踪,调解纠纷,哪一样你都是行家里手。我知道,你其实只是一个普通的人。病痛已经折磨你多年,你咬牙挺着。腰椎已经坏死一节,还患有类风湿,心脏也不好,这都是你经年累月的操劳所致啊。

你勇敢坚韧,凡事冲在前面。那年,前丰村仓库被盗案的嫌疑人跳进十几米深的水井里,寻了短见。为了救他,你将麻绳缠在身上,战友在井口拽着你,而你,手和牙齿并用,生生地将那人从水井中拉出。而你的身上被勒得伤痕累累,在医院治疗了一个多星期。为了侦破多家农户年货被盗案,数九寒天,你骑着自行车往返三十六公里,连续二十多天在黑暗与寒风中蹲守,直至把嫌疑人缉拿归案。

你不谋私利,不徇私情。处理案件时,即使是你的岳父和同学,你也没有网开一面。你以大局为重,以百姓为主。1999年,县局提拔你到另一个乡镇当所长,你舍不得四海店的老百姓,在群众的簇拥和欢呼中,留了下来。几年前,你说自己岁数大了,硬生生地将派出所教导员的岗位让给了年轻人。你卸任了，可是工作却更多了，你把山里人的苦和甜全都装在心里，满满的，不愿放下。

这么多年，你的生活不宽裕，一直过着清贫的日子，却从未向组织上提出一条要求。老伴患脑瘤，用东挪西借的钱做完手术后，连复诊的钱都没有。2007年冬，村民刘佩林家的房子被烧得落了架，你把家里的被褥、衣服、大米、豆油给刘家送去，家里只剩一套被褥。村民张长军打松子时摔成瘫痪，你从自家不多的年货中分出一半送给张家。你就是这样热心无私的人，哪一个人照顾不到，哪一起案件处理不好，你都会感到愧疚和遗憾。你把苦和累藏在心里，总是把微笑挂在脸上。

老警，你已经不年轻了。你咧嘴一笑，瘦削的脸上便叠起皱纹。皱纹里不仅写满了岁月的沧桑，更蕴含着许多动人的故事。所以，老警，我曾想在春花烂漫时节，约几名作家、书画家和摄影家到四海店采风，把你写进我的散文里。和你聊聊家常，听你讲讲办过的案子、帮助过的人。到你管辖的村子走一走，看看绿油油的田野，摸一摸锄把，和晒得黝黑的村民聊聊天，听他们热络地讲讲你的事儿。再去你家，探望你患病的老伴儿和你可爱的孙子。坐在热炕头上，尝尝山泉水煮的米饭和你炒的山野菜。最好，你能领我们上山转转，看看你栽的红松树、小白杨，教我认识哪朵花是达子花，哪根藤是野山椒。可是，一切都成了无法实现的美好愿望。站在山冈上翘首企盼，血一样火红的杜鹃花已经快要凋谢了，它们再也迎不来那个微驼的身影了。

我站在山顶，捧起一抔黑土，将它扬洒。老警，这里没有鲜花，我只能以这种方式与你告别，为你祭奠。我向着远方莽莽的林海和山脚下的村子呼喊：我来晚了！山谷空寂肃穆，回荡着我的声音，随着春天的风儿，飘向更远的地方。老警，你听得到吧？

小小的村落，摇曳着缕缕炊烟，经年的记忆在山谷中回荡着。朴实的村庄，像一位暮年的老人，静默地守望着大山，望眼欲穿一般，盼着儿子归来。一只喜鹊拍打着灰蓝色的翅膀，从一棵树飞向另一棵树。远处一只鸟儿在山谷中盘旋，叫着"布谷，布谷"。那鸟鸣短促而低沉，如同泥土一样深沉。老警，你在这里安息吧。这里有青山，有绿水，有你的骨肉，更有爱戴你的父老乡亲。这里是你的根，是你的归宿。

"他活着是为了多数人更好地活着的人，群众把他抬举得很高，很高。"生命短暂，你用无私的奉献和大爱，将六十载的岁月，无限地扩充，延展。

下山时，雨歇了。眼光不经意间扫见一抹亮色，在晶莹的融雪中格外耀眼，是几朵小花顶冰而生！有人告诉我，是冰凌花。我俯身仔细观察。黄色的花瓣错落有致，淡绿的花蕊娇柔含羞，嫩紫色的茎朝向林间细碎的阳光，弱小的叶子努力地托举着金灿灿的花朵。

这绽放在寂寞大山中的冰凌花，盛开在冰天雪地中的冰凌花啊，它堪比梅花，忍受着寒冷和孤独。待到春风吹绿山林，百花争艳时，它的花儿早已谢落殆尽。它点缀了早春的枯寂，却不需要别人装饰自己。再端详那一朵朵小花，觉得它有了不同于其他植物的傲人风骨，每一片花瓣，每一片叶子都萌动着强韧的力量。

——老警，你就是大山中的冰凌花！

（原载"中国公安文学精选网"2015年9月16日）

朴树情怀

朱东锷

南方的树木大多四季常绿，朴树是少数的例外，四季分明。仿佛只要一场春雨的滋润，朴树光秃密集的枝条上便钻出了星星点点的嫩芽，迎春风茁壮，没几天就长成嫩绿的小叶子，叶子嫩绿中带点儿微红，晶莹、透明而纯净，叶片上的脉络清晰而分明，勃发着生机和活力。

每每看到朴树，我总是仿佛依稀看见少年的我，从朴树圆圆的果实中听见欢快的笑声。

春天，桃红柳绿，竹林河畔成了我和伙伴们踏青的好去处。清澈的小河水哗啦啦地奔腾着，嫩绿的竹叶、茵茵的小草铺展开一片绿色天地，散发着浓浓的春的气息。砍一根小竹子，沿竹节处截取一段，头端带竹节，尾端去掉竹节，距头端竹节约四分之一处锯断两截，削一段适合这竹孔大小的竹棍或木棍，一头插进竹节端孔，固紧，另一头在竹节尾端约二三厘米处裁断，一支既可用果实做子弹，也可用废纸揉捏成圆球状做子弹的"竹筒枪"就完成了。竹筒枪最常用的子弹就是朴树上青绿圆实的果子。朴树是春天里我和伙伴们经常攀爬的树，在我们的追逐打闹中，朴树的枝叶一天天茂密起来，夏天就到了。于是，树冠宽广、树荫浓郁的朴树下又成为我和伙伴们的一个乐园：象棋、军棋、飞行棋，车辚辚马啸啸天昏地暗；跳绳、踢毽子、乒乓球，你来我往大汗淋漓；纸飞机、跳方格、抽陀螺，笑语喧天乐而忘返……转眼间，朴树的叶子在阵阵的秋风中枯黄，随北风脱落，只剩下光秃秃的枝丫指向苍穹，静静地等待着春天，等待着新的生命。当年，我还胡诌了一首小诗《生命》："叶已化蝶飞去/树桠密密/默默凝视远天/谁又能说它失去了生命/在苍青的冬日的天穹/在凛冽的风中/它静静地孕育/期待着春满枝头的时候/新的生命。"

　　知道这种给我带来无数快乐的树叫朴树，是到了白云山风景区以后。在白云山派出所工作，进出之间，有意无意中，总能看到朴树，伸手就可以触摸到朴树，虽然已经没有了少年情怀，但心中却总会涌起一份亲切、一份愉快。

　　朴树生长快，适应性很强，耐水湿、耐烟尘、耐干旱瘠薄和轻度盐碱，抗风、抗污染，对二氧化硫、氯气等有毒气体抵抗性强。朴树坚硬，可供工业用材，茎皮可造纸，可做绳索、人造纤维；果实可榨油作润滑油；根、皮、嫩叶可入药消肿止痛、解毒去热，可治腰痛、膝疮，外敷治水火烫伤；叶制土农药，可杀红蜘蛛。

　　一棵棵普通平凡的朴树，耸立在公路旁、街边、公园、村庄和河堤，装点着四季。一棵棵普通平凡的朴树，一天天，一年年，吸尘消声、防风固沙、保护堤防、调节气候、防止污染……默默地奉献着。在这些普通平凡的朴树里，有我童年的快乐时光，这些普通平凡的朴树使我看到春天，看到希望。

　　一棵棵普通平凡的朴树，却有别样的风景，平凡中孕育着伟大。

焦裕禄，一天天，一年年，凭一颗为民之心，顶着肝区的疼痛，在风沙、盐碱、内涝中抗争，在兰考1080平方公里的土地上绘宏图，"兰考人民多奇志，敢教日月换新天。"

孔繁森，一天天，一年年，一腔热血洒高原，为发展少数民族事业奔波操劳，茫茫雪域高原处处留下他深深的足印，留下他不朽的忠魂。人们在料理他的后事时看到两件遗物：一是他仅有的8元6角钱；一是他去世前4天写的关于发展阿里经济的12条建议。"一尘不染，两袖清风，视名利安危淡似狮泉河水；两离桑梓，独恋雪域，置民族团结重如冈底斯山。"

杨善洲，一天天，一年年，用一颗赤子之心，用退休后20年的日夜，把一个连野樱桃树和杞木树都不长的光秃秃的大亮山，变成了一个森林郁郁葱葱，溪流四季不断，林下山珍遍地，枝头莺鸣燕歌的林场。

他们，不就像一棵棵普通平凡的朴树吗？他们爱憎分明，自觉地抵制、抵抗着"二氧化硫"、"氯气"等有毒气体的污染和毒害，屹立成一个大写的"人"字。

百姓口碑警察故事中，有一个独腿民警孙益海。18年前，26岁的孙益海在一次收缴非法枪支行动中失去了一条腿，但他没有被残疾击倒，而是靠拐杖和假肢重新站了起来。16年来，他拖着假肢和遗留在腹部的23颗绿豆般大小的完整霰弹丸及碎片，走村入户，累计走了1800多公里，为1.2万人上门办理身份证，帮700多人办理入户，化解了280多起矛盾纠纷。"我追小偷可能不行，但为大家办点实事还是可以的，这也叫'废物利用'。"孙益海这样说。

"也许，我会突然消失，就像水珠融入一片海洋。那时，我将孵一朵浪花，寻遍江河的大街小巷，找到那座我心中的小屋。"这就是当地"110"的人民好公仆、好民警吴春宗。而在危险时刻把危险留给自己的"肉垫所长"，在冰冷刺骨的河水中托举氧气瓶救人的民警"托举哥"，还有晨昏昼夜城镇山谷护卫安宁无处不在的藏蓝色，都给人以平安、祥和和温暖……

有人说："有价值的眼睛看见了山，山就有了价值；有价值的眼睛看见了海，海就有了价值；有价值的眼睛看见了阳光，阳光就有了价值。"在这些平凡而伟大的人的眼中，只有人民，只有至高无上的人民利益。他们把自己根植在风沙、盐碱、内涝里，根植在雪域、高原、荒山上，无怨无悔、快乐无私地奉献着。乡村、田间、学校、厂矿、牧区、民居，他们把自己融合在群众之中，人民看见了他们，就看见了党的光辉，他们在点点滴滴的平凡中铸就了一座座高尚的丰碑。

朴树，一棵棵普通平凡的朴树，在寒风中傲视着苍青的冬日的天穹，守候着春天。我分明看到了春天款款的脚步，听见了枝叶发芽的声音和人们的欢笑声。树下的我，多了一份对生命的感悟，多了一份对普通平凡的追求，保持本色，付出真心，即使平凡也能成为一道亮丽的风景，即使平凡也能给人阴凉的树荫。

（原载《文艺报》2015 年 7 月 24 日）

你那怯怯的眼神

徐振江

当我见到你时,你正和奶奶在院子里拣拾着玉米棒。金灿灿的玉米映衬着奶奶绽着微笑的脸,你跑来跑去,很欢快的样子,也往码得齐整的玉米堆上放着玉米棒。

"聪聪,别拣了,你够不着,去玩儿吧!"奶奶见了对你喊道。

这时,我才知道你叫聪聪。

或许是因为我穿着警服,你一看到我,就马上跑到奶奶的身边,小手紧紧抓住奶奶的衣角,站在那里用怯怯的眼神看着我。你的奶奶我认识。我很久没回这个村子了,自我介绍了好一会儿,老人家才恍然大悟:"是你呀,这么多年,还真认不出来了。再说你是啥时当上警察的呀?"

"有好几年了,现在调到咱老家这儿的派出

所上班了。这次来是到各户熟悉人口情况的。"我答。

"现在家里日子过得还好吧?"我随后开始跟奶奶唠起来。

"好,好呀,现在家里什么都不缺了,可不大像以前了。"老人家听我这样问,很知足地笑道。的确,四间崭新的砖瓦房,窗明几净,屋里的家用电器一应俱全,真如她说的,不大像以前了。

"这孩子是?"我望着聪聪。

"我孙子,六岁了,他爸妈都出去打工了,家里就剩我们娘儿俩,他爷爷,头两年老的。"聪聪的奶奶很健谈。

"到哪儿打工去了?家里的地谁管呀?"我问。

"在南方,好像是广州那一带,我也没记住地名。年年都是没出正月就走,到快过年的时候才回来一趟。家里的地也不多,我侍弄点儿,实在忙不过来,就掏几个钱雇人。只是这孩子,总想着要去看他爸妈,真没法子呀。"说完,她无奈地叹了一口气。

"打工收入还行吧?咱村里出去打工的人多吗?"

"家里的房子还有摆设,都是人家两口子这几年打工挣回来的。咱村儿,这几年有能耐的都出去了,家里就剩下我们这些到岁数的和孩子了。"聪聪的奶奶既自豪又感慨。

此时,你还是寸步不离地贴着奶奶,仍用怯怯的眼神看着我。你身上的衣服和鞋子都很新,也很时尚。

"你是叫聪聪吗?"我问你。你并没有回答我的问话,而是更紧地靠近了奶奶,并把脸转到奶奶的后背。

"问你话呢。这孩子就这样,怕见生人,跟别的孩子还不合群。"奶奶抱抱你,对我笑着说道。

"聪聪,你告诉叔叔,爸爸妈妈到哪儿去了?"我对你说。

"在东莞!"你忽然从奶奶的后背探出头来,很大声地回答,答完很快又躲到后面去了。

"你看,这孩子还记着呢,连我都记不住。"奶奶看着你,慈祥地笑了。

"聪聪,你再告诉叔叔,你的衣服谁给你买的?"

你没吭声。奶奶告诉我:"这孩子的衣服都是他妈从那边买回来的，一回来就带上一大包。我说不让他们买这么多，可他们不听，还是照样往回买。"

"聪聪，你想爸爸妈妈吗？"我的话音刚落，你竟然"哇"的一声哭了。

我一时不知所措了，不知道怎样去安慰只有六岁的你。

"好孙子，别哭，奶奶过年给你杀猪。"奶奶把你从后背移到了怀里哄着。

"这孩子，就怕别人问他想不想他爸妈，一问就哭，唉！"聪聪的奶奶长叹了一口气。

此时，我的心酸酸的。我轻轻拍拍你因为哭还在抖动的身体。然后走出了这个秋阳映照下的农家小院。

（原载《人民公安报》2015年12月11日）

母亲的叮咛

杨素宏

"儿啊,害人的那些坏事不能做哈。我昨天又从电视上看到有几个当官的被抓了,他们都是因为贪污受贿啊、买官卖官啊、包养小三啊什么的……"近一年多来,母亲在每个周末的晚上,都要和我通一次电话,反复叮咛着这样的话。

而我,在每次听完她的絮叨之后,都会用宽慰她的话回答她:"妈,您放心吧,儿子受党和军队教育多年,如今又当了人民警察,每天与法律法规打交道,晓得是非黑白,知道什么事该做,什么事不该做,您的儿子,永远都会行得正走得端的……"

听我说完这些"表决心"的话后,母亲才恋恋不舍地挂掉电话:"啊,你晓得就好,那我,挂了哈……"真是"儿行千里母担忧"啊!

母亲有一个很好听的名字：杨碧宗。意为"青绿色的玉石"，清纯透亮，没有杂质。这与后来外公给我取的名字杨素宏一样，意为"纯洁而崇高"。后来，我到了成都工作，有幸认识了著名的"巴蜀鬼才"魏明伦先生，魏先生得知我姓名的由来后，专门为我题签"素心宏图"。我想，这大概有"质本洁来还洁去"的意思吧。

住在乡下老家的母亲，已经七十四岁多了，身躯佝偻，步履蹒跚，让我看到就想流泪。特别是每次接到母亲打来的"叮嘱"电话之后，我的心就会深深感动，喉咙里有些发酸，眼眶里不由自主地盈出泪花。

"可怜天下父母心"这句话说了多少年，可都是说说，并没有去深究其中的含义。而在今年国庆节前的一个深夜，我才算真正懂得了。那晚，我正睡得迷迷糊糊的时候，手机铃响了，拿起电话一看，是母亲打来的，时间已是凌晨2点过。"妈，这么晚了，您还没睡啊？有什么急事吗？"我以为家里出什么大事了，急切地问。

母亲说，没什么事，就是有点儿担心你，睡不着。母亲接着说，前几天，我们县里的书记和黎平县的书记都被抓了，听说省上还有好多当官的也被抓了……

我劝母亲："别想太多，你儿子不是坏人，也不会干坏事，放心好了！"放下电话，我忽然觉得，母亲那佝偻的身躯在我眼前愈发高大起来，不仅成了一棵让我庇荫的大树，还成了时时监督我、保护我的"纪委书记"啦。

是啊，饱经风霜的母亲，总是那么坚强、豁达，似乎一生所经历过的全部苦难和种种变故，都难不住她。直到现在背驼得已经直不起腰了，也还是那样乐观和宽容，还乐于助人，乡亲邻里都称她为"菩萨奶奶"。

母亲出身地主分子家庭，十岁之前过的是富人家不愁吃穿的日子，还曾上过小学四年级，在她的同龄人里，是受人羡慕的富家千金。

母亲上学读书时，不知道什么是普通话，连说汉语也是夹带着侗族口音的。不过，她很刻苦，不仅能认得许多汉字，而且还写得一手漂亮的毛笔正楷字。小学三年级时，全乡小学生毛笔字比赛，母亲写的毛笔正楷字还获得了第一名。

新中国成立时，母亲一家被划分为地主成分，外公杨成林被土改工作队五花大绑送进了新生人民政府的监狱，田地山林也全部被没收充公了。

好在，外公是一个善良的"知识分子地主"。在外公被关进监狱之后，邻里乡亲就向人民政府反映说外公不是恶霸地主，是好人。在人民政府镇压反动地主恶霸时，有两三个县份（贵州的黎平、榕江和从江县）的许多在旧社会时得到过外公帮助的贫下中农群众联名向人民政府反映："杨成林虽然是地主，但他一辈子没做过坏事，除了办学校当老师教书育人，还经常放粮赈灾接济穷人帮助百姓……请求人民政府不要杀他……"那份联名上书的布条上，签有密密麻麻的姓名，还盖了许许多多红手印。

就这样，后来政府在处理我外公的地主问题时，实事求是地进行了调查并给予了从宽处理——外公因为行善积德而逃过死罪没有被枪毙，仅仅被判了几年劳动改造。

外公被送进监狱接受劳改之后，刚满十岁的母亲由于家里生活困难，加上因为是地主子女，不能再上学读书了，她便和外婆一起下地劳动、纺纱织布补贴家用。不久后，人民政府把他们家的老房子没收分给了房族里被划为贫农的亲戚居住，而母亲一家则被遣送到了另一个叫口寨的村子居住，接受贫下中农的监督改造。

母亲跟着外婆带着小她几岁的大舅、二舅和小姨离开了生养他们的祖屋来到了后来居住的村子。由于没有房子住，村上的人看他们孤儿寡母的很可怜，就帮助他们在村子边的一个土坎下搭了一个草棚暂时栖身。

几年之后，外公在丹寨监狱结束劳动改造被释放回到了老家。虽然没能再回到生养他的老屋居住，但他已经很满足了。他在世时曾告诉我们，能活下来，并有那么多人为自己作担保，他感到命运对自己是很眷顾的。

外公和家人团聚后不久,在那个草棚里接到了人民政府的一份特殊礼物:一本褐色封面的聘书——他被人民政府聘请为州、县民族民间文学顾问。

母亲渐渐长大成人,并出落得如花一样。村里人都说我母亲年轻时是乡里有名的漂亮姑娘。可惜那时家里穷,没有条件照相,将她年轻时的美丽容貌留存下来。她年轻时的漂亮模样,只能留在她同龄人们的记忆里。

母亲年轻时究竟有多漂亮,从当时父亲为何愿意娶她来看,是比较能说明问题的。父亲家的成分是中农,父亲长得一表人才,又会木匠、石匠等手艺活儿,就连犁田插秧也是十里八乡有名的好手。父亲选择娶母亲时,一不嫌她是地主子女,二不嫌她家里穷。母亲一家一直住在那个土坎下的草棚里,直到20世纪70年代中期,两个舅舅才合力修起了一栋两居室的木板房。

由于操劳过度,外婆在她四十四岁那年秋天去世了,而我母亲那时刚好二十二岁,嫁给我父亲还不到两年。外婆还没见到我出生就走了,我当然也就不知道外婆长的是什么模样,只知道她也是大户人家的子女,人长得十分好看,也很善良、勤劳。

"文化大革命"期间,外公虽然有州、县民族民间文学顾问这个身份,但还是要时常接受对地富反坏右的批判和斗争,接受社队干部的监督改造。可只要他一空闲下来,就会教育我们怎样做人做事,讲他的亲身经历,讲他创作的那些文学故事。

"文化大革命"结束后,外公被摘掉了"地主分子"的帽子,并再次受聘担任了州、县民族民间文学顾问。为此,他还专门写下一首诗《誓为四化献力量》表达了自己的心情:"摘帽根除旧思想,此生感谢共产党。八八暮年成过去,誓为四化献力量。"此后,他创作的系列侗族民间故事《侗族祖先哪里来》等结集出版、创作的侗戏剧本《丁郎龙女》获得国家文化部优秀剧目团结奖、创作的《侗族琵琶歌》获得中国民间文艺家协会优秀作品三等奖……外公杨成林成为了家乡有名的"侗族歌师"、民间文学作家。

我长大后,从母亲讲述的故事中知道,外公的确是一个善良的知识分子地主，他 1936 年毕业于省立贵阳师范学校，曾有机会在国民党政府里去做官，可是他没有去，就连国民党县政府委任他当保安团团副他也不当，宁愿回老家乡下创办学校当教书匠，还边教书边搞民间文学创作。国民党县政府为了惩罚他，不但让他出钱请别人当那个团副，还以违抗政府命令的罪名将他送进监狱关了半年多。直到他反复向国民党县政府"悔过"之后，才被释放回家。此后，外公就一心一意在乡下自己出钱办的学校里教书、写作，直到新中国成立……

外公和母亲，对我一生影响很大，可以说，在我成长的每一步，他们的言行和优秀人品都曾经左右过我的人生。母亲虽然没有多少文化，但为人处世的道理她都懂，即使她现在老得快走不动了，但在乡邻里还很是受尊重的。

母亲共生养了我们七个子女，我是老二，又是家中"最有出息"的孩子，我的姐姐和弟、妹都在农村老家，所以在外工作的我成了母亲心中特别的牵挂。

我十八岁参军离开家的时候，中越边境自卫还击保卫边疆作战的烽烟还未散尽。而我要去的部队，又正好在云南边疆，而且是曾经参加自卫还击作战的部队。于是，母亲牵着我的手反复叮嘱："一定要注意安全哈，你的平安才是我们的幸福……"

是的，过去还没有电话、手机等通信工具之前，我和家里的联系主要靠写信。我写去的每一封信，母亲都能看得懂，但是她不会写回信，读懂之后，便口述回信让弟弟、妹妹或我父亲、舅舅记录整理，然后寄给我。

母亲七十岁那年生日，我没能回去。弟弟给她送了一个老年手机作为生日礼物，母亲非常高兴："有了这个，我就能随时和你们说话了！"

自从有了手机，母亲每个周末的晚上都要给我打一次电话，叮嘱这叮咛那，每次话不多，但都是几句她认为非常关键的话，如："不要做对不起别人的事，凡事吃点亏不要紧，人穷志莫短"、"你外公能活下来，就是他一生没做过坏事才有的福气"……她特别爱重复的话就是"儿啊，你千万不能做坏事，不能像那些贪官……你外公的经历，你一辈子都要记在心上。不做亏心事，一生都平安……"

如今，每当母亲看到电视上报道"某某长被调查"的新闻时，都要马上打电话来，聊上一阵子，千叮咛万嘱咐，叫我不要犯错误："我和你爸都老了，一辈子没敢希望你当什么官发什么财，只希望你踏踏实实做人做事，不要犯错。你和你的姐妹兄弟都平平安安的，我们就心满意足了……"母亲没有说更多的大道理，心中挂着的所有期望，就是子女平安！

按说，同样的话，说一遍两遍，都耐听，但重复说多了，心里会烦。而母亲重复的那些话，母亲说得不厌，我这个做儿子的，也从来没有烦过。从小到大，我从未和母亲争执过……小时候，每天下午放学后，只要天不下雨，我都要和小伙伴们上山砍柴，如果到天黑了还没有回家，母亲就会提着马灯到山脚路口等我，接我回家，用马灯为我照亮坎坷不平的土路。所以，母亲的话，在我的记忆里，永远都是正确的。

（原载《啄木鸟·公安文学专号》2015年秋季号）

永恒的心灵地标

聂虹影

2014年8月,一纸命令将我变成了北京市民,听到这个消息我下意识的念头竟然是:这下可以随时去看天安门了。

对天安门最初的记忆,是四十多年前,当时我们家在东北,回河南老家时需要在北京换乘,妈妈带我和弟弟来到了天安门广场。具体情况记不得了,只记得要在天安门前照相,弟弟瞌睡得头都直不起来,站到那里居然还在打盹儿,旁边好几个叔叔逗他都无济于事,导致如今影集中的照片他也是闭着眼睛的"打盹儿照"。而只大他一岁的我就不一样了,让妈妈重新编了小辫子,系好蝴蝶结,胸前别着毛主席像章,手捧毛主席语录,端端正正笑眯眯地与天安门合了影,那年我三岁。

童年的耳濡目染，天安门在我幼小的心灵里，便早早地有了至高无上的神圣。成长的时代里，收音机里听到的是与"天安门"有关的歌曲，"我爱北京天安门"、"从草原来到天安门广场"、"千山那个万水连着天安门"……墙壁上的图画，也是天安门的图案，就连当年家里唯一的一面镜子，上边也是光芒四射的天安门。上小学后，语文书第一页、第二页是"毛主席万岁"、"中国共产党万岁"，第三页就是"天安门"了。语文老师第一次领着我们朗读"北京，天安门"的那一刻，我心中有种说不出的兴奋和肃穆，很高调地向同学们宣称"我去过天安门"，同学们羡慕的眼光让我很受用，虚荣心得到了极大满足。在当年那个远离北京的小县城里，在那个温饱还成问题的年代，大人们到过北京的都屈指可数，更何况我们这些少不更事的孩子呢？天安门城楼尊贵的光环成为我挥之不去的记忆。

一直以为照相那次是我第一次到天安门，直到1987年，弟弟考上大学，我和妈妈国庆节来京看望弟弟，我们一起逛天安门广场，和妈妈聊起天来，才知道，严格意义上那应该算作第二次。其实早在妈妈肚子里时，我已经到过天安门广场了。妈妈怀我时，"文化大革命"已经开始，当时她在学校当老师，在那个特殊的年代里，根正苗红的她激情四射，尽管挺着肚子，依然率领红卫兵队伍一路大串联来到北京。到广场参加集会时，人山人海拥挤不堪的场面令她始料不及，身为孕妇的妈妈为了躲避拥挤，曾经将近两个小时一直紧紧抱着天安门东侧的那尊石狮子，将肚子护在狮子的身下，后来鞋被挤丢了，发辫散开了，但肚中的我却毫发未损，所有知道这件事的人都认为我的命好大。妈妈的讲述，使我对天安门又多了一份情结，而对那尊石狮子，更是有一股别样的情愫。

80年代末期，我到北京读书，常去的地方依然是天安门广场。当时我们学校在朝外十里堡，距离广场有相当一段距离，我常常在下午没课时独自骑着自行车沿着长安街一路行来，一遍遍经过广场，一遍遍眺望沐浴在夕阳余晖下的天安门城楼，对天安门以及这座世界上最辽阔的广场有股超乎寻常的敬意和怀恋。

第一次登上天安门城楼是在婚后，恰逢我和爱人都到北京培训。那是个周末，有雨，排了半天队，经过严格的检查，我终于登上了城楼。举目四望，细雨霏霏中，旗杆、人民英雄纪念碑、天安门广场、毛主席纪念堂、人民大会堂尽收眼底，我突然心生一份自豪，这就是祖国的首都，这就是祖国的心脏，这就是毛主席向全世界庄严宣告"中国人民从此站起来了"的地方，我心中溢满了对祖国的无限深情。有了儿子后，带他到北京旅游，我们专门去了天安门广场。那也是一个国庆长假，儿子煞有其事地举着小国旗，和小侄女一起，以天安门为背景留下了一份永恒的纪念。

2011年，作为公安现役部队的唯一代表，我参加了中国作协八代会，下榻北京饭店，每天晚上，必定步行到广场，在天安门前走一圈。在人民大会堂开会时，我专门以天安门为背景拍了照片。近些年来，来北京出差的机会多了，每次来北京，我都会到广场转转，在天安门前走走，否则，心里就会空落落的，总觉得少了些什么。

从军三十年，走遍了祖国的山山水水，平心而论，所有走过的城市中，北京并不是最美的，也不是最适合人居的，但却是我最喜欢的城市，是我心中分量最重、最向往的城市，这种分量和向往，其实更多的源于我心中那份天安门情结。在我眼中，它温暖、繁荣，有沉沉的历史拖拽。走在这片土地上，每一步都脚踏实地，让人心安。

光阴被车轮缓慢地碾过，在细细的丈量中，所有的繁华、钟鸣鼎食，都随风而逝。与当年相比，岁月带给我的，除了脸上细密的皱纹，还有历经沧桑后的沉静、恬淡和从容，内心的许多感受也随时间的推移改变着。而不曾改变的，是这份天安门情结，我深深地爱着它，它成为我永恒的心灵地标。

（原载《人民公安》2015年10月）

泅在墨香里的老头儿

张会芬

1

几年前,夏天某日,我到本局档案室查档案,看见张老被四周高及屋顶的档案柜和身边成堆的档案卷宗包围着,一问,才知他在为本局撰写新中国成立以来的《公安史志》查阅档案资料。

这个库房和装在其中的档案一样老,其中存放的档案都是新中国成立初期的预审等公安业务档案。库房位于顶层,没有安装空调,屋子里又闷又热,我在里面待了一会儿就开始流汗,烦躁得想马上离开。而朝张老望过去,他正用右手食指在嘴上沾唾液,随即又用此手指翻看档案,肩上搭着一条毛巾，但一直没见他擦汗。

我说："张老，这纸不卫生，别这样沾唾液翻书呀！"

少顷，张老才反应过来，"啊？哦，没事。"又继续像看小说一样地翻看卷宗。

看到有利用价值的内容，他就用纸条简洁地写上涉及的人员、事件或类别等夹在卷宗里，便于以后查阅时节省时间。这些档案纸张都是黄色的毛边纸，上面用毛笔书写着小楷或行书，呈纵向排列，得从右向左阅读，其中繁体字居多，我一看就头皮发麻。张老只读了小学，我问他："您看这些不费劲吗？"他笑答："看多了就好些了，呵呵！"

不一会儿，张老大声叫我过去，兴奋的表情像个孩子，原来他是看到了本市成立后法院的第一张枪决罪犯的布告。他手指着布告，大声读给我听，读得很流利。同时告诉我，为什么布告在公安局存放，是因为当时本市刚解放，法院与公安局还在一起办公。布告因为折叠，有些破损，张老小心翼翼地将其还原放好，并做上记号放在另一侧，说要带到办公室装裱好。

后来我从同事那里了解到，为了完成《公安史志》的撰写任务，局领导请过本局几位刚退休的老干部，有的说身体不能胜任，有的说一看字就头昏眼花，有的说要照看孙子。只有七十一岁的张老答应得相当爽快，不讲任何条件，第一天报到后就扎进了档案库房，一去就是半年，天天泅在浓浓的墨香里。可惜，因保管条件与档案时间久长的关系，墨香中已夹杂了很多气味，此香已非彼香了。

半年时间，张老在档案库房调阅了三千多卷档案，戴着老花镜用公文纸写了六本大事记、组织机构沿革、有关科所队历史状况和重大案件实例等相关史志，又从自己家中和一些老民警那里收集翻拍了五十多张本单位的珍贵历史照片，给本局《公安史志》的编写搭起了结实的框架，开好了头，做好了铺垫。紧接着，张老又协助后来的史志撰写人员，完成了五十四万多字的本局《公安史志》一书。

2

今年年初,我又在档案室遇见张老查档案,看见他搁在桌子上的一本《Y市公安局文史资料》手稿,有二百多页,心有疑惑,便问:

"张老,又有新任务了?"

"呵呵,不是任务,是我自己想写的。自从编写完《公安史志》后,我心里总是放不下一些珍贵史料。在查阅历史档案时,我觉得有很多公安大事、历史人物、刑事大案等都非常重要,反映了我市的公安历史与成果。而我们编写的《公安史志》一书,因史志体例的限制,写得相当简略,有很多重要事件只几句话带过。所以,我想把这些史料写得更详细一些,尽量补充完整。今年十月,是我们公安局成立六十周年,我想赶在十月份之前完成。"

打开张老写的资料手稿,干净的钢笔字规规矩矩地安放在方格信纸中。这种信纸,很多年前单位就没有了,我便问:

"您这是在哪儿弄的信纸呀?"

"我在文具店里买的。"

"单位里有的是信纸,怎么还掏钱买纸写呀?"

"呵呵,做自己喜欢的事情,出点儿钱没什么,一点儿小事,何必麻烦单位呢。"

正说着,进来一位曾与张老在一个办公室工作过的老王,见到张老便问:"又在写史志呀,单位为此一月给你多少银子?""没给银子,我愿意做的,工作不能只为钱吧。"老王又翻了一下张老写的史料,一脸坏笑道:"写了这么多,踩坏了几支笔呀?嘿嘿……"

我茫然,问道:"什么踩坏几支笔呀,听不懂。"

老王看了张老一眼,见他乐呵呵笑而不答,便说:"张老以前当内勤的时候,有一次写总结,写了一遍,觉得不行,又写了一遍,看后还是不满意,索性撕毁稿子,又把笔扔在地上,再愤愤地用脚踩几下,哈哈……"

张老红着脸说:"呵呵,稿子写得不好嘛……"

我掩嘴窃笑,忙岔开话题,翻看张老写的文史资料。张老急忙戴上老花镜给我讲解:"这本书的题名是暂用的,还没确定,请你帮我再想想别的题名吧。这里面写的很多都是第一和唯一的人物及事件……"

张老认真地介绍着,许多事件与案例他都能流利地说出具体的时间、地点及人名,我一次又一次惊讶于老人的记忆力。他饶有兴味地讲着,我聚精会神地听着,过后才发现竟聊了近两个小时。如果不是同事提醒下班时间到了,张老还会继续讲下去。

3

张老与我已故的父亲是 50 年代的老同事,因此,每当看到他,我就倍感亲切,只要遇见就会聊聊。我好奇心较强,总向他刨根问底,从他的口中知晓了张老及本市公安历史的一些枝枝叶叶。

张老的爱好有些特别,不抽烟、不喝酒、不钓鱼、不打牌,只爱好读书看报,对历史书籍极感兴趣。每当看到报刊上有历史事件及人物等相关资料,他就剪下来粘贴在大本子中,日积月累,已贴满了二十多本。为此,我专门到张老家中欣赏了这些资料本,清一色的牛皮纸封面,本子八开纸一样大,里面的资料粘贴得错落有致,每个资料下面都标明了出处与日期。

张老天天坚持收看电视新闻,对于时事总能发表独到的见解,说到感兴趣的历史话题,往往滔滔不绝,茶都忘记喝。张老的这个爱好,后来"嫁"给了本局的《公安史志》。

他每天早晚骑着自行车,接送他上小学的孙女。看着他上下车时敏捷的动作及行走时大步流星的背影,你绝不会猜到他是一位七十六岁的老人。他身板笔直,声音洪亮,目光敏锐,精神矍铄,没有同龄老人的暮气,浑身散发着一种健康的活力。或许,这是四十三年的警察生涯给予这位老人的惠赠吧。

老人的精神风貌独具一格,让我发现自己精神上的卑微,我时常会被他的一些细小事情所感动。读他，我总会想到认真、敬业、胸襟、境界这些词，还会想到热爱、珍惜、人生。人的一生，吃不过三餐，睡不过六尺，活的是一种精神。人死后，肉身都将变成一粒尘埃，我们能在人间留下什么呢？有的人留下传世著作，有的人留下美妙歌声，有的人留下遍地垃圾，还有很多人什么也没留下，而有的人则留下了闪光的精神。我想，张老属于后者，他活出了一种人的精神。

很欣赏文怀沙老先生说的话，在世上多种一些花儿，走后留下一些花香，不要让别人踩着你的粪便前行。

现在，张老仍常常戴着老花镜，头埋在陈年档案中搜索，拿着打印好的文稿，一个字一个字地校对。

文字里面有花香，你信吗？我信。

（原载《现代世界警察》2015年11月）

一个被土地击碎的誓言

吴顺天

我曾发誓再也不回星星农场,可今天却必须让誓言作古!

星星农场是我童年的一个宿地,但却沾满父亲的血汗。1977年,父亲被当成"四人帮"政治犯"抓"去劳改砍大竹,我也跟去了,在农场的小学上学。父亲是家乡小有名气的文人,但命运多舛,一辈子被亲朋好友出卖,因为一篇文章,打"左"派时,他成了"左"派,打右派时,他成了右派,打"四人帮"时,他成了"四人帮"(后来,反"资产阶级自由化",又因为那篇文章被定性为资本家,第四次进农场,成为压垮他人生理想的最后一根稻草)。当时,家乡定"四人帮"是海选的,凝聚着全体人民群众的智慧,一个画家画一幅"嫦娥奔月",那嫦娥长得有点儿像年轻的江青；一个木匠雕一个佛像，据说脸蛋同张春桥很靠谱；我父亲则是因为写文章继承姚文元的行文方式；至于另外一个，名字正叫做王洪文，听说是考古的，被冠上复古翻案的名号。

当我再次出现在星星农场时，一个被执守着三十六年的誓言已霉烂成血肉，正如我父亲的肩膀。

父亲那时每天要到离农场三公里外的大山砍大竹，然后再扛回来，天一亮就被轰出门，天黑摸不着路才能收工。大竹的重量要过秤，不能少于一百斤，一天不能少于十趟，山上山下都有手持步枪的民兵把守，稍有不慎便拳脚相加。

有一次课间休息，父亲刚好回来，我看见父亲的肩膀流着血，将绿毛毛的大竹染成了红色。那天中午，我没有回家吃饭，一个人在教室里写下人生第一篇日记《血红色的大竹》，后来日记经一个叫作"土牛仔"的同学举报，被简老师收走了，并偷偷地责备我不能成为"政治犯"的传人。那个"土牛仔"同学就是考古学家王洪文的儿子，他喜欢用红色水笔写名字，以此证明自己是一名又红又专的革命战士。

这次回来，我有点儿像当年手持步枪的民兵，因为我是警察，腰里别着一把"七七式"手枪。我回来是为了追捕一个外号叫"鸢鹰大盗"的犯罪嫌疑人。"鸢鹰大盗"专门用一种"四爪铁钩"从房顶飞檐入室，当他用一种鸡犬不宁来蔑视警察的尊严时，我只能选择让誓言作古。

面对着星星农场，我极力重新定义着此刻此地的角色，但当我用正义的眼神搜寻着整个星星农场时，才明白自己当年发下的誓言是多么的脆弱和不堪一击。

农场早已作古，到处都是颓壁残垣，大山的竹林也荒芜成野草地，随处可见裸露的石块和腐败的竹头。但我依然记得当了一辈子"阶级敌人"的父亲当年砍伐大竹的方向，上山是西向东，下山是东向西，这两个方向被我写进日记《血红色的大竹》，把它备注成太阳没落的两个坐标，同时被我写进日记的还有那些到处寻欢作爱的动物，我懵懂地认为应该取消它们的交配权，至少，它们不应该出现在我父亲行走的路线上。

在学校读书时，透过窗户，我经常会看到父亲被压弯脊梁的身影，只有通过那一根在半路上休息时可用做支撑大竹重量的木棍，才能感觉出他的身体同土地还有一定的距离。上课时，我经常往窗外寻找父亲的身影（其实何尝是我），于是，同学们给我取了一个外号"歪脖子"。班级唯一的老师（语数通教）知道我的心思，间隔几个星期就把讲台搬到对面墙下（当时黑板是木制可移动的），又间隔几个星期再换回来，从老师的眼神中，我可以读懂他的用意：脖子向左歪，也要向右歪，这样，脊梁骨才不会变形。

我很快找到小学的位置，教室已经倒塌，半截墙上还留有一些残缺不全的大字报。但在教室里，却看不到一株野草，显然有人时常过来清除，我无法猜测是哪一个无聊的家伙干着这样的苟且之事，总不至于像当年那些动物一样准备要在此寻欢作爱。

站在当年上课的位置，我的脑海里总是不自觉地浮现出父亲佝偻的身影以及一片血红色的竹林，满腹的苦涩瞬时涌上心头，但我没有流下任何一滴眼泪，正如当年一样。当年，在日记《血红色的大竹》里，我曾经写道：竹子的肉体可以是空洞的，但它的泪水永远都是向上增长的毒药。

我的目光很快就投射到另一个目标，一个曾四次囚禁着我父亲灵魂的监狱，它距离教室不到一百米远。说是监狱，其实就是农场的牛棚，养着牛，同时还"养"着我父亲之类的"阶级分子"。他们说，凡是牛鬼蛇神白天都要拉出去劳动改造，才不至于祸害人类。

甚好，解放前农场建牛棚的时候，出于对牛人性化圈养的考虑，在后墙留一个通风口，这个通风口后来虽然被监管人员加装防逃铁栏，但也为我同父亲幽会提供了一个条件。每当风高月黑的时候，我都会站在自制的椅子上通过通风口抚摸着父亲的脸，帮父亲擦去满脸的灰尘。

而今，这座监狱也已经倒塌，倒得一塌糊涂，只有顽固残留的一溜地基石还在割豁着旧时的咒语。关于咒语，我已经记不得其中的任何一句，现在想来，不是因为咒语软弱无力，而是因为咒语的次数字数太多，洒遍农场的每一个角落。

　　站在当年抚摸父亲脸庞的地方，我努力回忆着通风口的高度。也许现在，身高175cm的我能够不用借助任何工具就可以摸到父亲的脸，也许，还要搬一块堆积在脚边沉甸甸的石头。

　　在这里，我第一次看到父亲的笑脸。当时，我在路上曾捡拾到一块饼干，舍不得吃，擦掉粘在上面的尘土，趁着父亲说话的时候，塞进父亲的嘴里，但很快，父亲也趁着我说话的时候，又把饼干塞进我的嘴里，我们父子俩就这样塞来塞去，直到饼干在口水的作用下溶化成最后的动作，我们相互对看一眼，都笑了。当然，如果是我从山上摘下来的那些青涩带苦的野果，父亲还是会吃的，他说，所有的苦涩和过去都会成熟。

　　我的记忆塞满父亲佝偻的身影，刚从那片血红色的竹林出来，又陷入牛棚茫然的世界，以至于身边来了一位满头银发的老人都没有察觉。老人拄着拐杖，极像我父亲当年的身影，他上下打量我，直接叫出我的名字。我诧异地看着老人，仿佛看着自己内心的灵魂，我实在无法想象在这荒芜悲怜的地方还有人能够阅读一个陌生冷漠的来客。

　　但很快，我重新找回当年的一双眼神，那个既让我向左看也要向右看并保持脊梁骨坚挺的眼神。我极力控制着泪水的涌动，也许在这个世界上，所有的泪水都是虚伪的，恰如我当年的誓言。我紧紧地抱住老人，更像山上那些腐败的竹头抱住土地一样，我用仅存的肉体抚摸着、交流着一个看似即将没落的太阳的坐标。

　　同事机灵，趁机在车上打起呼噜，自我们确定"鸳鹰大盗"的真实姓名叫王明洞以来，我们便循着他的足迹与星夜为伴，踏遍大半个省份。二十多天以来，几乎没有日夜的概念，用警察特有的"逢车必睡"生理机能去验证一种职业的体力和意志。

　　但我知道，同事们更想给我一个空间，让一个尘封的故事找回它应有的遗憾和尊严。

简老师没有回忆三十六年前的故事，我也没有提及冰封三十六年的誓言，这一切，都已经作古。我将自己比做腐败的竹头，是咒语的腐败，誓言的腐败，灵魂的腐败。而今，在这片曾经让我伤心欲绝的"无产阶级革命圣地"，我只能用沉默来砍伐所有的苦痛，直到它烂成土地一样的颜色，就像老师心目中的那间教室，虽然在十三年前就已经倒塌，但它仍必须保持灵魂的尊严，仍必须保持土地的颜色。十三年来，老师在拔掉一根又一根杂草的同时，总是满怀信心地等待着一个又一个学生的归来。

今天，不，今生，来了两个学生。老师说话的声音有点儿沙哑，我可以读懂其中一个，那就是我，至于另外一个，我也不想追问。当年在农场就读的学生，大都是"牛鬼蛇神"的孩子，每一个学生之间都不知道也不想知道对方真实的姓名，彼此不问来处，不寻去处，相互之间敬畏着、防范着，每一个学生，都跟随着他们父母的释放而魂归故里，每一个学生，都有着自己的咒语和誓言。比如我，虽然脑袋经常往窗外寻找父亲的身影，但更多的是同父亲那篇文章被评为"歪脖子理论"有关，又比如"土牛仔"，则是因为他的父亲就是考古挖土的，大部分学生的父亲的光辉形象成就了我们在校时的学名，所有的学名也随着各自父亲的释放而埋进逃离的路线。

来的是"土牛仔"！老师说话的声音显然加重了语气，但我仍然流露出事不关己的表情。当年，"土牛仔"偷看我的日记并出卖我，化成灰都是我一生的"阶级敌人"，"土牛仔"的名字深深地烙印在我灰暗的记忆中，正如那片血红色的竹林。

竹林现在已尽显枯黄，但血红色的场景仍历历在目。半年来，当辖区居民一次又一次到凤里派出所报案时，同事们都会将作案地点在地图上标注一个红色圈圈，每当我们坐在办公室时，就仿佛生活在一个红色的世界。

我们没有蓝天，黑夜是我们唯一的诗行。

这是同事们的誓言，每当更深人静，我们都会分组守候在辖区的各个角落，用一双双布满红色血丝的眼睛去寻找"四爪铁钩"的灰色轨迹。半年来，我们用一个个不眠之夜不断定义着誓言的范畴和领域，定义着那一块"人民满意的派出所"铜匾背后的故事，那里，有一条通往家的时空隧道。①

"老师，我们回家吧！"想到家，我赶紧转移话题。

老师没有反对，就像当年一样，我们手牵着手往坡上走，只不过当年是他拉着我，而现在是我扶着他。老师的家也是我当年临时的家，当年，他依同是老师的母亲之托收留我，我在农场才有立足之地。在母亲眼里，我是父亲生活的动力，也是父亲生命的保护神。

坡有点儿陡，路是雨水冲洗出来的沟沿，台阶布满脚印，也许还残留着我当年的爬涉和滑落。我清楚地记得，用脚印踩出来的台阶一共一百零七层，我有一次问老师，如果我倒在地上，会不会多出一层，老师没有回答我的问题，只是淡淡地对我说："站着，你才能成为一道风景。"

关于风景，老师的家确实是观赏世间万物的地方。右下方，就是我读书的教室；左下方，就是关押我父亲的监狱。当然，我还可以看到一条路，往东上，就是那片血红色的竹林；往西下，拐一个弯就不见了，我知道它可以通向我的家乡，但也是地狱之门。

老师的家还是半坡上那座古老破旧的石头屋，在石头屋前的一块板凳石上，我经常望着天上的星星发呆，板凳石是冷的，天上的星星也是冷的，我们彼此冷冷地对视着，好像所有的语言都要通过黑夜来阐释。

今天，难道我还要用冷眼来察看这个世界？！

不！未及思索，我一下子否定自己肤浅的评断。几年前，当所长递给我一尊"奥斯卡小金人"的时候，我已经读懂那块肌肉的力量，"菩提本无树，明镜亦非台，本来无一物，何处惹尘埃"，在每一个警察的档案中，幸福是灵魂的一味香，只有痛苦才能领略它的美丽。②

我们到家了。老师欲语还休，但我却从那早已呆滞的目光中读出一种感慨。是啊，三十六年，我终于回来了，带着愧疚，带着誓言。

正当我又要茫然的时候，石头屋蹒跚地走出一个身影，待到跟前几米时，我才发现竟然就是我要追捕的盗窃犯罪嫌疑人王明洞！他用颤抖的双手捧着一个已经发黄烂角的牛皮信封和一个黑色布袋，并递给我。而他此时的眼神，我却是那么的熟悉和陌生。

原来，我要追捕的对象竟然就是"土牛仔"！

我几乎失去警察对待犯罪分子的本能反应，仿佛遁入一个螺旋上升的黑洞，感觉自身的肉体不断地被肢解着，慢慢地走向虚无。

我已经猜到发黄烂角的牛皮信封里装的是什么，老师保留了我当年那篇日记《血红色的大竹》，而今，老师通过"土牛仔"的双手还给我。

我更知道那个布袋里的东西，当我接过布袋时，我已经触摸到里面的四个爪子，以及一根不知道多少长度的绳子。

我读懂"土牛仔"的眼神，它的茫然，正证明几种力量交织的存在。

我将呆滞的眼神投向老师时，发现他的眼角已挂满泪水。我再次冲上前抱住他，老师的泪水一滴滴地落在我胸前的衣襟上，一寸寸地风蚀着我。

90年代，当我以优异的成绩考上警校时，曾轰动偏居一隅的乡邻，除了我成为家乡又一个大学生外，更多的是流传劳改专业户的儿子即将成为一名拿枪的警察，这或多或少震惊了那些曾经送我父亲到农场劳改和那些欺负过我的人。但我毕业后没有回到家乡所在的县城当警察，而是选择到离家乡几百公里外的一个城市任职。

我私下认为，所有的痛苦都是由一双双熟悉的眼睛凌迟产生的，只有逃离，才能解除心魔。可我没想到，"土牛仔"竟然跟我混到了同一个城市，并且成为我抓捕的对象，成为我誓言作古的一剂麻药。

今天凌晨，当我带队包抄王明洞的家时，看到一个双目失明且奄奄一息的老人，也正是这个老人告诉我王明洞逃跑到农场的信息。我知道他就是王明洞的父亲，也知道他的名字叫王洪文，但我实在不敢将他同当年的政治劳改犯联系在一起，如果不是汽车站司机确定这一信息,我甚至对他提供的信息产生怀疑,以为他指东向西。

当然,我更无法理解王明洞的所作所为。他为什么要逃跑到当年也曾让他深恶痛绝的农场,为什么愿意待在老师的家里等待我这个曾经的"阶级敌人"的到来?身为警察,我不得不击碎所谓的誓言,不得不躺进我一生中最亲爱的老师怀里,但这个坚持用红笔写名字喻以证明自己又红又专的曾经的少年,他的"四爪铁钩"和誓言又该包含着什么样的内涵?

此时,我完全读懂了老师的心情,他用一生的执守等待两个学生,一前一后,却如阴阳八卦。当我用手铐铐上王明洞的双手时,我宛若同红尘做了一笔交易,而此交易的见证人,正是我最亲爱的老师。

或许,我脚踏的这片土地需要用一种誓言击碎另一种誓言!

注:
① 2005年8月25日,石狮市凤里派出所被国务院授予"人民满意的派出所"。
② 每一个到凤里派出所参加工作的民警,都会量身制作一尊"奥斯卡小金人",上面刻有民警姓名、出生年月、到所工作时间及历年所获荣誉。

(原载"中国公安文学精选网"2015年7月3日)

我读懂你身上的伤疤

艾 璞

和名闻遐迩的盛大力握手，感觉一股力量从我心底升起，这只公安部授予的"神枪手"，名副其实。那时他正和研究生助手校对自己著作的第四部警用教材，很快，我们惺惺相惜地从天南海北谈起，交换各自著作，并签名。

作为特殊人才，2005年盛大力从新疆被浙江省警察学院引进。

盛大力是新疆伊犁师范学院体育系高才生，速度滑冰、摔跤杠杠的，从小是制服控的他在当年招考时以第二名的成绩加入塔城地区公安局特警，艰苦训练，加上肯动脑子，很快脱颖而出。

在盛大力的书柜里，有十几本保管良好的武警战术教材，大力说，那时教材少，加上枪械战术他最喜欢，软磨硬泡才从部队朋友手中讨得这几本内部作训教材,有时人家不给,只好借来把内容抄下满满一笔记本。

大力告诉我,读书是他今生的最爱,要把书本专业知识化为现实的战斗力,不能傻学,要灵活机动,碰到问题要马上找到解决方法,不然就处于被动。

1993年夏,盛大力作为新疆塔城地区公安局刑侦大队分队长,带队抓捕抢劫出租车杀人恶魔,一路跟踪搜索,嫌疑人逃到一个小村庄,凌晨2点,搬救兵来不及,盛大力不放心,他按照书上战术和自己判断,每个人找根木棍,再加一个大锅盖。

盛大力划分重点区域,把六人分成两组,一组配一把枪,从两边包抄搜索挤压,搜索到4点,大家很疲惫,有人想放弃,天亮再说。盛大力想到教材中说的:不到最后一瞬,绝不放松警惕。于是开始动员鼓气,大家抖擞精神。此时,嫌疑人突然从羊圈中拿长刀冲出来,将一名队员撞倒,队员拿出棍子防卫,双方正面交锋。

听到打斗声,盛大力冲过来增援,怕伤及队员,天黑无法用枪,他大声提醒不要靠太近,保护自己,围住嫌疑人,拿锅盖、棍子搏斗。此时锅盖起到了盾牌的作用,棍子打中了嫌疑人的膝盖,减弱了他的疯狂。队员散开后,盛大力鸣枪警告,震慑嫌疑人的气焰,用棍子将他的刀子挑开,队员锅盖开路冲过去将嫌疑人压倒。

事后,他总结经验:指挥得当,警力集中,分组科学;及时就地取材,使用武器保护自己;没有放松警惕。

盛大力说得津津有味,我听得心惊肉跳。盛大力警察生涯里类似的危险比比皆是,每次他都能化险为夷。有一年大雪天,盛大力抓住一带刀嫌疑人,此人在羁押中挣断手铐翻墙逃跑,盛大力循踪追捕三小时,在背上挨了一棍后,面对高半个头的嫌疑人,他趁其重心不稳,抱腿过肩将其摔倒,用控压技术把其控制,嫌疑人直叫"爷爷饶命"。

有一回抓人心切,盛大力从建筑的三楼跳到二楼,再跳到一楼,房顶被踩破,房梁顶住了他的肋骨,他顾不上身体不适,冲上去把嫌疑人抓住。事后,他断了一根肋骨,休息了一个月。有经验、有教训、有泪水、有欢乐,这些宝贵财富,化为知识,大力教给了他的学生,希望他们在工作中少流泪、少流血。

一次抓捕时,遭遇淘金者用霰弹枪对抗,被盛大力视为奇耻大辱,他立志练习精准枪法。他利用休息时间,夏练三伏、冬练三九,天天练习空枪瞄准,从三十分钟到两个小时。为练习臂力,大雪天的中午,他骑七公里自行车到郊外的靶场上,开始吊砖头,五分钟后射击,不打十环不回家。十环中再画三个圈,内十环,如果打到最外圈,罚自己吊砖头举枪站一小时,坚持了九个月。1994年塔城公安武警比武中,盛大力得了冠军。

从此,冠军与盛大力结缘了。新疆维吾尔自治区公安厅大比武,盛大力全能第一。1993年至2002年,盛大力参加了九届全国公安军用手枪射击比赛,获个人单项前三名八次。2003年参加公安部警务教官培训,从一期的学员,到教官,再到现在的教官组组长。

盛大力说:知识在教和学之间会有损耗,教的人有一桶水,学员学到半桶水。而带着这半桶水,到基层可能就只剩下了皮毛。所以我要到基层直接传经送宝。

每年暑假,盛大力都要到新疆等地送教,足迹遍布全国各县市,哪里需要去哪里。有回累得倒下,差点儿危及生命。在医院里,他还用手机教学,给基层指导。

调到杭州十年,盛大力甚至没去过杭州景点游玩,这是一个把工作当伟大事业干的汉子。

谈起牺牲的战友,大力神色黯然。他说,一次在偏远村落遭遇战中,队友的牺牲让他更明白,处置暴恐事件中,技能和安全防范意识的重要。"教学中,这是最好的实例,战友用生命的代价提醒我和我的学生们,民警的有效技战术训练是减少民警伤亡的基础保障。"

聊天从愉悦的破案到警察的伤亡,从开心、沉重到伤悲,有手舞足蹈,也有黯然神伤。四十四岁的盛大力掀开衣服,看着他身上的枪伤、刀伤,更有工作劳累病发倒下动手术遗留的伤疤,我的眼泪没有忍住,这些伤疤铸成的长城是坚不可摧的。从死亡中活过来和从病魔中挺过来的盛大力,你的形象无需描写就非常高大,我从内心里敬仰你!

2010年,盛大力荣获全国公安优秀教育工作者荣誉。

告别时有点儿依依不舍,我笑着对盛大力说:"智力显然比力气更重要。"盛大力点头称是。

(原载《平安时报》2015年9月30日)

你有权保持沉默

王 勃

这是一张我永远不会忘记的脸。

在多年的刑侦工作中,见惯了各种被害人的脸:被刀砍的、划伤的,被钝器敲的、砸的,被杀害后脸部肿胀腐烂的……说句实话,在办案中见到这些脸时,心中已非常平静,甚至可以用麻木来形容。但是,当我面对着十六岁的小保姆敏敏的那张难以形容的"脸",听她平静地讲述着这张脸及身体上由其女雇主魏某三四年来殴打、伤害所致的各种伤痕时,表面平静的我内心禁不住起伏翻腾……

对犯罪嫌疑人魏某的审讯激烈而又压抑。这个受中原文化浸染和受过正规高等教育的、正从事着企业文化工作的三十来岁的漂亮女子,在审讯里表现得极为伶牙俐齿和有法律知识,并拥有着顽固、冷酷与擅表演的特点。

"我是一个受过高等教育的人,怎么会做这种事?"

"根据法律规定,你们不能一直连续不停地对我审讯,我现在可以睡一下吗?"

"都说过了,她是被汽车撞后才变成这样的。看到她这样,我的心会好受吗?"说完,她开始流泪。

在审讯室,各种审讯方法和技巧在魏某这儿已不适用。我承认,我已黔驴技穷。

根据外围调查所获证据综合分析,敏敏的伤应该是魏某所致。然而,除了敏敏的直接指证外,其他人都没有直接看到或指证到敏敏的伤就是魏某所致,且对敏敏的殴打、伤害都是在只有魏某和敏敏两人的魏某家里发生的。

案件还未起诉,中央电视台、广东卫视、《南方日报》等各大新闻媒体就已大篇幅报道了这宗案件。作为案件的主办侦查员,我这段时间满脑子都是证据,证据,证据……

在仔细查阅及分析了案件现有材料的几个日夜后,我们列出了几十条待查内容,并决定从敏敏身上的每一处伤痕的形成过程和对魏某家进行技术勘查入手。同时继续调查走访,力争不放过任何一个与案件有关的线索。

"魏某在家对我动不动就大骂、动手。三年前某一天下午,在主人房间靠床边的梳妆台旁,魏某用小擀面杖撬我的牙齿。

"2003 年的下半年某日晚上,在洗手间房门与客厅交接的走廊过道处,魏某用铁锤猛砸我的脚和手臂,有一下砸在了走廊过道的地砖上,砸出了一个小坑。

"两三年前的某天,在书房门口,魏某用筷子插我的喉咙,用大擀面杖和扳手砸我的脸。

"印象中是 2005 年的一天,在客厅与餐厅交接的走廊处,魏某逼我跪着,然后用脚猛踹我的脸和头,我的头被踢踹得上扬,血也溅到了旁边的墙壁、天花板上。"

……

做了充分准备后，我们专案组连同法医、技术人员进入魏某家——案件发生现场。

在洗手间房门与客厅交接的走廊过道处，我们发现了地砖上的凹痕；在厨房、客厅等处，找到了大、小擀面杖和铁锤、扳手；在洗手间房门与书房房门的门缝隙里发现了一批点状血迹；在客厅与餐厅交接的走廊过道上方的墙壁与天花板处，技术人员刮、铲开已被魏某重新粉刷的漆面后，发现了已渗入墙面的飞溅状血迹……涉案痕迹、物证不断被找到。在书房内，还发现了摆在书架上的一本《中国古代十大酷刑》。

外围调查获得的有力证据也不断增多。曾在魏某所住小区做保姆的杨某告知曾在魏某家见到刚被打后的敏敏及带血的擀面杖，敏敏当时告知是被魏某殴打；魏某一朋友曾亲眼见到魏某用衣架殴打敏敏；多人曾分别见到过敏敏身上的血迹及伤痕，敏敏告知他们那是被魏某殴打所致……

2008年，魏某因犯故意伤害罪被法院终审判处有期徒刑十二年。

我有些后悔，在获取了大量证据后再提讯魏某时，没有威严、凛然地对魏某说："你有权保持沉默，但你所说的一切将成为呈堂证供！"

（原载《啄木鸟·公安文学专号》2015年冬季号）

爸爸的花儿落了，我不再是小孩子

平安珮

原以为，爸爸会在开满油菜花的季节，伴着灿烂春阳、郁郁花香，迎接我，他的眼睛，比天光，还要晶亮，因为，我是他，盼望已久的太阳；原以为，托起我柔软身体的，是爸爸，同样柔软、厚实的手掌，从此，我的心跳，伴着你的脉动，合唱；我在你的手掌，像一朵小花开在枝上，每一个不经意的表情，都值得你，凝望成雕像；原以为，你的臂弯，我的暖床，在你的怀抱里摇摇晃晃，闻着我饱嗝的奶香，你也会，笑成一朵花的绽放；原以为，我的美好，是在你的体温里酣睡，一起共同畅想，未来的我，是如你，结实粗壮，还是像妈，细腻温良。

可是，这一切，都在那一刻消亡，那个残暴的灵魂，剥夺了所有的希望！

从此，不敢大声哭泣，怕引出，妈妈的泪光；从此，不敢尽情欢笑，怕妈妈，想起你爱笑的憨相；从此，不敢去人多的地方，怕看到那些挺拔的身姿，和从前的你一般，认真、匆忙，甚至，不敢去你消失的路旁，害怕，害怕，不敢想象，离开时，你有多么悲伤、绝望；从此，羡慕人家的平常，不要天堂星星，深海宝藏，只羡慕他们，有爹有娘，不要含在嘴里，捧在心房，只要，爸爸的眼光，哪怕严厉，最严厉的眼光，也是，我的艳阳；还要还要，爸爸的大手，背起书包，牵着我，伴我成长！可是，这一切，都成了幻想，从此，我成了缺心的孩子，一半的灵魂，去了天堂，不想你太孤独啊，我流着你的血，怎能不把你牵挂心上？从此，我成了坚强的孩子，一半的灵魂，守在人间，不愿妈妈太忧伤啊，我也流着她的血，怎能不成为她的肩膀？从此，我把爸爸两个字，深深埋藏，重如泰山的两个字，是我内心的力量，我是爸爸的果实，必须积极向上；我是爸爸的棒棒，怎能让你失望！

都说爸爸的花儿落了，我不再是小孩子，所以，我恨你呀，我本欢畅，你却让我变成，沉默的羔羊；所以，我恨你呀，还没有做过小孩子，为什么撒娇承欢的权利，被你剥夺得如此酣畅；妈妈，别紧张，我如此安静，等待着把世界张望，是不想你再受伤；妈妈，别紧张，全中国的警察同行，都在祈祷我平安吉祥；妈妈，别紧张，未来的路虽然崎岖动荡，还有我的小肩膀为你去扛；妈妈，别紧张，三个人的路两个人走，也要面对朝阳！

（谨以此纪念茆盛泉并祝福他的孩子棒棒平安吉祥！2015 年 3 月 11 日 17 时 26 分，民警茆盛泉在吴中路、虹许路路口纠处一起机动车交通违法行为时，被不服从指挥的司机孙某驾车拖行致头部重伤，经抢救无效身亡，年仅 32 岁。茆盛泉的妻子即将临产，将要出生的孩子名字叫棒棒。）

（原载"中国公安文学精选网"2015 年 3 月 30 日）

土里长出小草

董维华

小时候,我就是个笨拙的孩子。上中学时,作文老是写得不太好。高考时,120分的语文只考了51分,实在有点儿丢人现眼。

造化弄人啊。1985年,我从公安学校毕业后,被分配到扬州市公安局。那时候,学校毕业生不多,科长以为来了个文化人,于是要我做内勤,编编信息,写写简报。一天,科长又要我写通讯,在媒体上加强宣传。然而,通讯我没写过,也不会写,没办法,只好硬着头皮学,真有点儿赶鸭子上架的味道。一次次投稿,又被一次次退稿,我为自己写作水平不高而难为情。1991年夏季,发生百年不遇的洪涝灾害,宝应一位民警连续奋斗在抢险第一线,不幸牺牲,我为之深深感动,立即写了一篇通讯。没想到省、市报纸都用了，更没想到这篇文章在当年年底竟获全省公安系统优秀通讯奖。从此，我的兴趣大增，逐渐被文字深深吸引，不断学写，不断投稿，每当有"豆腐块"在报纸上刊登，快乐的心情能保持好多天。

因工作调整，我有一段时间辍笔。2001年3月，我被调到靖江工作，在全省率先搞社会治安防控体系试点，有人鼓励我对防控体系的理论基础、框架体系、社会功能进行研究。于是，我又重拾秃笔，尝试着写有关防控体系的文章，接着还写了不少关于党性、从警、管理类的政论性杂谈，与同人们结集出版了《当警察的感觉》，一段时期内，靖江警营习文蔚然成风。我自己都为之惊讶，一个过去说话脸都红的人，现在说起"官话"竟然娓娓道来，如说滑了的嘴，有时还小有文采，甚至还自鸣得意，真是"不可救药"。

2009年年底，我被调回泰州。斯时，正大力推进警营文化建设，号召广大民警积极参加。我先从自己的从警经历写起，先后写了《水泊里走出一个警察》《1996年的留声机》等散文。自己的故事总是有限的，我有感于火热的警营生活，常常为身边默默奉献的民警所感动，《遭遇非典型警察》《最后的微笑》等随笔相继出笼。警察是个社会型职业，从中可以更多地透析社会、感悟人生，于是就出现了《门口》《从历史走向未来》等练笔之作。"3·01"昆明暴恐案件发生后，我久久不得其解，恐怖到底是怎么来的？怎么去应对？于是花了一个多月的时间，阅读了不少有关民族、宗教方面的书籍，渴望天下太平，草就《无忧堂》。我突然发现，多年从警的点点滴滴，竟然成为了写作的题材，我和我的同人、师长以及群众常常活跃在文中，就像听到集结号的士兵一样，从我的记忆深处涌出来。我终于明白，警察生活就是我的黑土地，就像一个四处游荡的农民，终于找到自己安身立命的一片田地。

我有时也有烦恼。首为"苦"，当别人唱歌、钓鱼、掼蛋、喝老酒时，你得去海量阅读，去收集素材，然后挑灯夜战。有人说文章是浓茶泡出来的、香烟熏出来的、深夜熬出来的，我以为然也。诚然，与交警酷暑寒冬执勤、刑警通宵鏖战、特警高强度训练相比，这点儿苦又算啥呢！

次为"惑"。我总觉得我的文章过于平淡冲和，难以入目。怎样才能写好文章呢？我苦思不得其解。看到季羡林老先生的《漫谈散文》，他在文中说道：通讯、小品文、政论杂谈、网络时评、游记等都属于广义的散文，优秀散文的精髓在于"真情"二字，"真"就是真实，真才可信，才能产生美；"情"就是要有感情、有情可抒，有可读之处。汪曾祺说：文无定法，文章的框架是精心设计的"随意"，如小河流淌。余秋雨老师认为：随心而发，穿越古今。真乃大家之言，我心释然。

后为"恼"。有"好心人"指出，不要不务正业，公务员干好业务就行，何必舞文弄墨，写文章想干什么？我觉得，写文章不可能升官，因为只有古代才可能以文取仕，现在已"异化"了；不可能发财，几十元乃至几百元的稿酬，倒贴几倍尚不足以打发同人们的"祝贺"；更不可能出名，我尚有自知之明，底子薄啊，我年届五十，一切都晚了，成名成家是镜中花水中月，这辈子不想。我以为，作为一个警察既要会破案、通管理、明法律，也要善于发现问题、分析问题、能说能写，涵养一点儿书卷气。一手拿枪，一手拿笔，或许是一个优秀警察必备的两个方面。要是有人还那样认为呢？随他说去吧！

写文章也有快乐。要写好，就得去读书、去思考、去动笔，长此以往，就养成了一个尚算文雅的习惯，老婆放心，女儿敬佩。平时上班忙，没时间写，往往是出差时在飞机上、高铁上、汽车上，特别是早晨跑步的时候，思考不停。有时参加一些与己无关的活动，往会场一坐，奇思妙想，联翩飞来，文思如万斛泉涌，在鼓掌声中，一篇短文即可写成。文章写成，好比女子十月怀胎、一朝分娩，如能发表，成就感更强。除在一些报纸、刊物上发表外，我爱在公安内网警营文化专栏上发一发，与同人们分享自己的体会。对《水泊里走出一个警察》，身边的人评论："父爱如山。"对《遭遇非典型警察》，一位基层合同制出身的民警这样写道："我们会做不善说，你道出了我们的平凡，也写出了我们的不平凡，谢谢您！"

对《从历史走向未来》一文,一位青年民警评道:"这就是民族的脊梁,正能量满满的,点个赞。"对大家的鼓励,我万分感动。个中乐趣,是不写文章的人无法体会的。

  为什么要写文章?是因为兴趣,因为工作,还是因为其他什么?我不太清楚。我只觉得,每当对什么人或事有所触动,立马拿起笔把它写出来,就像土里长出小草,一切自然。

  愿这丛小草再茂盛一点儿。

(原载《江南时报》2015年1月8日)

致宝贝

罗明吉

更深雾重,推开门,小心地扭亮了床前的台灯。薄薄的灯光洒向了婴儿床上的小人儿——红扑扑的小脸蛋,像一个溢着甜香的苹果。呵,我的宝宝!

我轻轻地靠近,生怕惊扰了他。怕他惊醒后抱着我脖子喊:"妈妈,我想你。"

宝宝啊,你怎么了?早上奶奶打电话告诉我,你感冒了,额头烧得滚烫滚烫,还说护士阿姨在你小小的额头上扎了三次针。你紧攥着小拳头,使劲儿地蹬腿,眼泪淌满了整张小脸……你大声地哭喊:"疼啊,妈妈!"是啊,疼,妈妈更疼,心疼得厉害,轻轻抚摸着你额上的一个个淤青的针眼儿,妈妈多想当时能轻轻握住你的手,温柔地在你耳边低语:宝宝,别怕,妈妈在哦,别怕，别怕……可是妈妈不能回来看你，别怪妈妈，因为妈妈在工作，在执行任务。妈妈是一名警察，警察的职责就是让更多的宝宝能幸福地生活。这是一份职责，更是一个坚定的承诺。原谅我，好吗？

还在怪妈妈吧？看你，眼角还润润的，肯定哭得像只小花猫。来，让妈妈把脸给你擦干净。妈妈告诉你，由于工作时间的特殊调整，从明天开始，我就没有休息日了，要从早上八点开始上班，直到晚上九点才下班。到时候，宝宝会见不着妈妈，你一定不能哭哦，因为你是男子汉，男子汉就要坚强，晚上会有爸爸陪着你的。好吗？你看雨彤姐姐，她的爸爸妈妈都是警察，实在照顾不了她，她爸爸只好送她到乡下的奶奶家去了。她走的时候对爸爸说："爸爸，我不去奶奶家，我要和'草莓班'的小朋友做游戏！"和姐姐比，你看你有多幸福！宝宝啊，你不知道雨彤姐姐的爸爸妈妈有多么的难受，天底下有哪个父母愿意与自己的孩子分离？更何况是那么小的孩子！只是我们每天都有那么多的工作，实在是不得已啊。你不是还说你要当黑猫警长抓坏蛋吗？坏蛋可不会准时上下班，所以警察就得夜以继日地工作。这样说来，你应该明白妈妈加班的原因了吧？原谅妈妈没有陪你吧，妈妈心里时刻都在想你：宝宝今天喝了多少牛奶？宝宝今天穿得够暖吗？觉觉睡了几个小时？

……

你看你，睡着了还不老实，小脚丫子还在蹬，真是个顽皮的孩子。你不是感冒了吗，还想打针啊？你告诉妈妈你怕疼，不想打针。可是宝宝，生病了就得打针吃药，妈妈办公室那位黄爷爷，腰椎病又犯了，连凳子都不敢坐，医生拿了好多好长的针为他理疗，黄爷爷满背都是针，可他连哼都没哼一声。最近我们搞了一个又一个专项行动，什么夏季社会治安综合整治啊、百日攻坚战啊、情报信息导侦破案啊。为了不落下工作，黄爷爷竟然不顾身体从医院里偷跑了回来，直不起腰他就用肘撑着整理资料，腿实在太酸了，就用拳头擂擂。为了跟上工作进度，黄爷爷夜里一直干到两三点钟。宝宝啊，黄爷爷那么大年纪还在带病坚持工作，妈妈又怎能离开岗位呢！作为一名警察，既然选择了这份职业，选择了奉献，就应该勇敢地承担起这份光荣的责任和使命！妈妈爱你，妈妈希望你快活地成长。妈妈更希望所有的宝宝幸福！

宝宝，其实妈妈也想过，如果有一天，我不做警察，就可以像其他宝宝的妈妈一样有更多的时间陪着你。和你一起做游戏，给你讲奥特曼的故事，送你去上学，饭后陪你一起散步……可是，当妈妈看到无数个被拐的儿童那迷茫的眼神，看着失去孩子的母亲那心酸的泪水……"老吾老以及人之老，幼吾幼以及人之幼"，若我的工作能让更多的宝宝健康快乐地成长，这该是一件多么令人高兴的事情！

宝宝，你又长高了，婴儿床显得有些挤，再过些日子就该是你的生日了。你终会慢慢地长大。有时候，妈妈会想，我的宝宝长大做什么好呢？做大官吧，你将会备受尊敬。做大老板吧，你会拥有很多的物质财富。做警察吧，除了"受累"你还能拥有什么！可是，妈妈告诉你，我们的幸福生活更需要一份安定的保障。更需要我们警察英勇无畏、舍生忘死的奋斗拼搏！人民警察，在人民心中，他是朗朗乾坤的保护神，是正义与和平的化身；在犯罪分子眼里，他是令人闻风丧胆的克星。做警察吧，做一名大爱无疆、无私无畏、义薄云天的人民警察。

看吧！在一个个温馨的微笑和一片片静谧的和谐之中，在一家家幸福的平安和一处处繁荣的景象之中，到处都闪耀着人民警察无私奉献的光芒！

做梦了吧宝宝，睡着了怎么会笑呢？你每次戴妈妈的警帽都会高兴得咯咯大笑，莫非你梦见自己穿上了警服？呵呵！

睡吧！尽管明天你醒来的时候，又将看不到妈妈，但请你记住，妈妈永远爱你！

晚安，我的宝宝。

（原载"中国公安文学精选网"2015年1月13日）

病 人

张 品

2012 年 9 月 10 日　星期一　晴

　　我在水景公园散步，见离我不远处的河内有位撑船捞水草的男人。我问他说，水有些凉了吧？他却说我的歌唱得很好听。我好奇地说，人只有在痛苦的时候才唱歌，我都是小声地唱给秀莲听，你怎么能听得到？男人咧开嘴笑着说，没什么，痛苦放一枪就好了。我问他放什么枪？他用手指指胯下说：就用这东西，到路边的按摩店里去，找小姐打就行了。我笑了……

2012 年 9 月 12 日　星期三　雨

　　下雨了，秀莲走的时候天就下着雨，这种天气我特别想吃东西，想吃秀莲做的地瓜饭。我从外面淋湿了回到家，突然看见秀莲就站在门框里，手上端着一碗热腾腾的稀饭，眼巴巴地望着我……

2012 年 9 月 19 日　星期四　晴

我又去水景公园散步，见一个小男孩横穿马路时，一辆货车疾驰而来，我急忙跑过去一把推倒孩子，货车与我们擦身而过。孩子哇哇地哭了。这时，一个女人在远处朝我怒吼："你个精神病，欺负小孩算什么本事！"我还来不及解释，她又跑近了骂道："疯子！有病不在家待着，到处乱跑什么？"这个骂我的女人，我怎么看怎么觉得她长得像秀莲……

2012 年 9 月 22 日　星期六　晴

今天我在医院里做义工，14 床 A 号的女人不行了，可是除了她母亲，再也没有别人来看她。她母亲睡着了，是我悄悄走过去，握住她的手对她说，放心走吧，秀莲，天堂里不挤。

……

我是城区派出所的一名社区民警，接到有人溺水的报警后迅速赶到大桥上，可那个男子已经没有了呼吸。听围观者说，死者好像叫张纪余，是个精神病，半小时前因为救一个轻生女人跳进河里，哪料女人是被救上来了，可他把自己的命搭进去了。

事后，有个女人走进派出所值班室找到我，说她是张纪余的女儿，她说话时眼中泛着泪花："我妈原来是县医院的内科大夫，十年前得了绝症，从医多年妈妈救了无数人，可最终却没能救得了自己。她临终前对我爸说，'别难过，我这辈子救了不少人，一定会上天堂的。'从那以后，我爸变得沉默，却开始拼命做好事，他对我说，'我做好事才能上天堂见到你妈妈。'对此周围人都说他是精神病，可只有我知道，他没病。别人无所谓，可你是个警察，所以我想让你读读这本日记。"

当晚，我翻看了张纪余生前的所有日记，感觉那是自己值班以来最漫长的一夜。翌日一早，我决定去送送张纪余。

第二天，正巧周末。我开车和表弟康子一起回老家，顺道去趟殡仪馆送别张纪余。路上堵车严重，我忍不住跳下车去疏导交通。康子从车里露出头来喊："你管什么闲事啊？有交警呢！"我没理会，心想虽然没穿警服，但多一个人疏通道路不就能早一点儿畅通吗？经过近一小时的疏导，终于，车流开始移动、减少……

我大汗淋漓地回到车里，康子对我一脸的无可奈何。听说我要将车子拐向殡仪馆，他简直愤怒起来："去给那个精神病送行？你不是也有病吧？值得吗？咱可是回老家给老人祝寿的！快走吧！"我没理康子，将车径直开向殡仪馆，进门便看见张纪余的女儿捧着骨灰盒，呆呆地站在稀疏的人群中。我默默走进人群，恭敬地鞠躬，然后走到她身边轻声地说："我来送送你父亲，顺便还给你他的日记。你父亲，是个英雄。"她转过头来，含泪向我深深地鞠躬。

出了殡仪馆，我抬头仰望。秋日天空，万里无云，蓝得晃眼。我在想，也许天堂就是这种颜色吧。

再次发动车子，忽然手机响起。我挂了电话，朝康子摊摊手说，所里有事，我得回去，祝寿的心意只能你替我表达了。康子听后脸都白了："你是不是真有病啊？休班休班，跟你们领导说咱们已经在老家不就完了？他还能让你飞回来！""都一样的。"我笑笑说，"我不去，别人也得去。放心，你开着车，我打的回去。"

听我说完，愤怒的康子没再说话，而是一直盯着我的脸，许久许久。最后，他脸上的煞白恢复了血色，眼神中的疑惑也消失了，郑重地点了一下头。

（原载"中国公安文学精选网"2015 年 5 月 22 日）

想象的父爱

——怀念我的父亲、公安部队战士万广富

万艾东

一种温暖与我擦肩而过,在我的生命里若即若离。父亲——在我眼里只是两个字眼,所产生的温暖和亲情,几乎全部来自于我的想象。

在我很小的时候,因为家里姊妹多,靠父亲微薄的工资是养不活的,他就把我送到了遥远的乡下姥姥家。大抵就是从那时起,在我遇到坎坷或挫折时,我对父爱就有了些许愤恨。

小时候的我,饱受着饥饿和孤独对内心的蹂躏,以至我每忆及往事都会心悸不已。在70年代的鲁西南,我同舅家、姨家的一群孩子,如同一群羊儿一样在广袤而贫瘠的土地上放养着。那时候,我像一棵随遇而安的小草一样,对人生中的各种厄运一无所知,也没有半点儿怨言。

在我的家庭景况稍稍好些时,父亲也曾想把

我接到身边。可不幸的是，父亲竟在这个时候离开了我们，使我与享受父爱的机会失之交臂了。在为父亲奔丧时，我的哥哥、姐姐痛哭流涕，而我竟然对每一滴眼泪都非常吝啬。

当一个人失去没有享受到的亲情时，有人或许认为会没有太大的痛苦。其实，痛苦是依附着亲情的，是依附着人的想象和回忆的。这种痛苦是人的本性，有一种来自生命感情的力量。有时即使被压抑了，也会在岁月中汩汩流淌出来，越发沁入骨髓。

直到我为人之父，直到我不惑之年，我竟然能真切地感悟到父爱了。我的女儿是我的一面镜子，我从女儿身上看到了享受父爱的那种欢愉与幸福。于是，我就感到格外的欢欣与满足。于是，我就格外地同情父亲。父亲是带着无比的痛苦去世的，在一群未成年的孩子面前，眼睛始终没有闭合，眼眶里盈着一汪泪。

在一个秋风肆虐的晚上，父亲一身泥水一身汗，从几百公里外坐火车赶来，又步行十多公里回到家。我感受到了父亲胡须的刺痛，真真切切让父亲搂着过了一夜呀！凌晨的时候，父亲又匆匆把身影隐在了雨中。仅仅是朦胧之中，我模糊地看到了父亲的一个背影，却镂刻在我的整个生命之中。

在飘飞的大雪里，十五岁的父亲与我的爷爷含泪离别，参加了公安部队。父亲是真切地知道无法享受父爱的痛苦的，每一个脚印都浸透着对父爱怀恋的泪水。

我试图在父亲留下的遗物中寻找父爱的痕迹，一些穿着旧式警服的照片、一些残缺的证书和奖章……然而，父亲竟连一张和子女团聚的照片也没留下。我无法想象，是什么样的职责和信念，让父亲在儿女亲情面前义无反顾。

"天空未留痕迹，鸟儿确已飞过"。这一句话常常让我热泪盈眶。我没有在父亲关爱的眼光下蹒跚学步，没有挎着父亲臂膀晃过无忧的童年，但我的心窗里依然照耀过父爱灿烂的阳光。

清明时节，冒着淋淋漓漓的小雨，我长跪在父亲的坟前，我心里有无数的话想和他交流。父亲在他的遗愿中，一定会让他的儿女继承他的事业的，只是他去得太匆忙了。而今，我们弟兄都通过自己的努力，穿上警服继承了父亲的遗愿，都在极其普通的岗位上努力着。

坟前的青草已绽发新绿，经过春雨洗礼，绿意会更加葱茏，是不是人世间的父爱也是这样生机勃勃呢？

父亲依然经常出现在我的梦境和想象中，慈祥是父亲脸上永不消退的色彩。

对父爱的想象遥远而亲近，对父爱的想象痛苦而幸福……

（原载"中国公安文学精选网"2015年3月24日）

扫 墓

杨 敏

清明节,细雨霏霏。她已经是第三次到门口张望了,依然不见丈夫的影子。

他一定生气了!清早醒来,她发现身边的被窝空空的,他已经走了,一定是自己又说梦话了。有好几次,她在梦中唤着前夫的名字,都是他轻轻把她摇醒。昨天夜色里,她想到清明节,就想起了前夫,夜里一定又唤了那个令她魂牵梦萦的名字……

她把立柜的门打开,把那顶橄榄色的大圆帽捧在手里,呆呆地凝视着。"老李,"她呼唤着,"我得忘了你。原谅我,原谅我吧,他是个好人,我不能再伤他的心了。"

她把那身橄榄色的警服找出来,和大圆帽包在一起,她决定送回公安局去。她不能让这些遗物留在家里。触景生情,她更难忘掉他了,丈夫的心也一定受不了这种煎熬……

她看了看表,10点了。约好今天去给他的父母扫墓,他却至今没有露面。扫墓,望着外面细雨霏霏,她又想起了躺在烈士陵园的前夫。自从他在一次追捕逃犯的战斗中牺牲,他给予了她很多。换了任何一个丈夫,也容忍不了一个女人对于前夫的这种感情……

她又到门口去望了一次,依然不见他的身影。他还在生我的气吗?是的,他是有资格怪她的。她看了看那包裹整齐的警服和大圆帽:你也原谅我吧,就让我再去见他最后一次吧,最后一次。啊,清明节,他牺牲后的第一个清明节呀。

她终于迈步朝烈士陵园走去,当她模模糊糊的双眼,穿过雨帘,远远望见前夫的墓碑的时候,她看到了一个人站在墓碑前。走近了,走近了,她惊异于那背影是那样的熟悉,是他——她的丈夫。此刻,他正把头上的帽子摘下来,端在手里,毕恭毕敬地向墓碑默哀。墓碑前,摆着一个精致的花圈,花圈后面摆着一瓶打开的五粮液,三个酒盅,两根点燃的香烟……

清明雨更加细密。

(原载"中国公安文学精选网"2015年4月13日)

感动春天的那些瞬间

——写给王影的散章

李晓光

五月的哈尔滨，丁香花还没有来得及开放，而你没有来得及道别，就悄然地离去了，如流星划过天际，留下一道耀眼的光芒。

像一颗成熟的籽粒，你静静地落在泥土里，扎根在曾深爱着的土地上，仿佛等待着一场春雨的滋润，等待着又一次花开。生命在那一刻陨落，而力量却在这个季节拔节。

这个春天来得有点儿晚，而你却离开得那样早。英年早逝，英年早逝啊，战友。你可知道，有多少关切的眼神和深深的祝福，在无声地挽留你。"出师未捷身先死，长使英雄泪满襟。"而你的生命里，却洒下了一路的鲜花和辛勤的汗水。

晚春的那些微微的寒意总是使人惆怅，让人慨叹那些过早凋零的花儿。然而，丝毫没有挡住那些许的感动，感动春天的那些瞬间，温热着我们曾经湿润的双眼，那是来自你，一个平凡而普通的人民警察，一点一滴，让我们深深地感到了温暖和力量。在北方，在料峭春寒的风里。战友，我们缅怀你，向你致以深深的敬礼！我们向你举手，因为你是我们的骄傲！

在你身上，我们看到了警服的那抹蓝，有如天空那么蓝，蓝得那么庄严。头上的警徽被你用生命的光辉擦拭得那么亮，亮得有些耀眼。

是我们太需要感动了，还是这个世界太需要温暖？一个默默无闻的灵魂，用二十五年的时光，诠释了人间的真爱和奉献的意义。用漫长而又短暂的辉煌，瞬间点燃了一双双渴望的眼神与期待的目光。说它漫长，一个只走过了四十五年风雨历程的他，却有着从警二十五年的经历。二十五年如一日，一直奉献到生命的终点，根植在大山深处，守护一方平安。说它短暂，人生正值中年，健壮的身体就被累垮了，被疾病夺去了生命。病魔打倒了你的身体，却打不败一个默默奉献的灵魂。你平凡，平凡得如一粒沙，如一棵小草。你不苟言笑，你没有一句豪言壮语，你没有高言大智，有的只是一个默默奉献者的足迹，还有一个高大的背影，在激励，在鼓舞，在眺望，在燃烧。

阿什河的水向着远方缓缓地流去，见证着一个人曾经走过的那些深浅不一的足迹。

你是沿着这条河流远走的，从第一次出发，步履就是那样坚定而执着。从第一次拒绝在城里工作开始，你就没打算回头，你知道哪里最需要你。大山深处，一双双期待的眼神和手臂。你听到了那些呼声在大山深处此起彼伏。你越走越远，越走越接近土地，那种坚实让你的脚步更加有力，让你的步履更加稳健。顺着一条河你走进了大山。如果说，一条河会倒映你的身影，那么一座山一定会留下你的足迹。有多少个日子，你的灯光亮着，温暖着这方贫瘠的土地；有多少次，你用宽大的臂膀搀扶起那些软弱无力的生命个体。而你，却把自己深深地丢在了大山深处，你爱着的这方土地。

离城市远了，却离大山近了，离百姓近了，你的心稳了。你深深地懂得，自己拿老百姓的事情不隔夜，老百姓就和你不隔心。从此，你的名字深深刻在了他们内心深处。

滔滔的阿什河水为你鸣咽，松风阵阵的松峰山为你呐喊。

细雨绵绵化作了无声的泪水，山上的野花为你绽开了笑容。

这个春天，我们眼含热泪。这个春天，我们怎能不流泪？这个春天，注定我们应该泪流满面。我们应该记住的是那些感动春天的每一个瞬间。

英雄，如今，你长眠在松峰山上，生前你守护着这方土地，你立志，死后要埋在你曾经工作过的地方，从此你在这里仍然守望它的平安。

忘不了你帮助的那个独臂女人，盖起了新房等着你去喝喜酒，她说等到松峰山的刺老芽发芽的时候，她会亲自给你摘来。那晶莹的露珠可以做证，那片土地承载着记忆……

忘不了那个十七岁的小女孩孟凡茹，失去父母的宠爱，是你，是她的王叔叔，看着她一点一点长大，并资助她上学，用鼓舞的目光照亮了她前行的道路，是你给她买了平生第一个毛绒玩具，是你成为了她坚强的后盾……太多太多的第一次你留下了。你点燃了微弱的烛光来照亮别人，燃烧自己。那个孩子永远也不会忘记你，至今她仍记得最后一次到哈医大去看你，躺在病床上的你，仍然在关心着她的学习，而且趴在她的耳边鼓励她说，不用担心，好好学习，王叔叔会好起来的。你给别人调亮了生活的信心和勇气，而你却像蜡烛一样，使自己慢慢变小直至燃尽。

战友，为什么你的心里装的都是别人，而却很少想着自己？

难怪七十多岁的王桂英老人还热切地盼着这个春天你去看她，说你每年三月都会去看她，而今年，躺在病榻上的你，第一次爽约了。敬老院里那一双双期待的眼神，还盼着你的影子出现在他们的视线里。

如果，不是你对他们太好了，不是你让他们太感动了，怎么会让他们如此牵挂？

……

感动春天的那些瞬间啊,阿什河会记得,松峰山也会记得,龙江大地仍然会记得。

春天,我们身着蓝色的警服,走在各自的岗位上,而我们却在一遍一遍地呼唤着那个曾经的名字。你是我们的骄傲,你是我们的旗帜。

跋涉者总会留下深深的足迹,而你的脚步总是镶嵌在泥泞的山路里。

听山在呼喊,听云在私语……

"亲爱的战友,你在大山深处自己工作和战斗过的地方长眠,却永远是我们前行的'高标',你的崇高精神永远是我们毕生学习的榜样,抓人破案勇敢向前。"听到了吗?这些来自警营里的誓言,在你的墓前响起,那些铿锵有力的话语,是一群群战友的誓言在大山深处经久不息。

泥泞的小路上留下了不止一串的足迹,战友,安息。你走过的山路还会有人坚持走下去。

春天已逝,丁香花开了又谢了。在北方的大地上,夏天已经来临。

落红不是无情物,化作春泥更护花。

我们会永远记住,那些瞬间。你曾经来过,也让我们深深感动过。

(原载"中国公安文学精选网"2015年4月23日)

秋天的童话

郑 伟

认识他是在晋衔的培训班上,他是查缉课程的教官。

"中国的警察是不保护警察的!"

好奇怪的开场白,我"扑哧"笑出了声。两道可以杀死人的目光对我射了过来。

"不许笑!"

我吐了吐舌头,恰好又被他看见了,还等着另一声训斥,却看到他忍不住自己也笑了。最初的紧张与陌生就这样消失了。"所以,我们要有自我保护意识。"接下来他从实战的角度讲述了在日常中使用的各种战术,同学们听得非常投入,我也饶有兴趣地打量起他来:不算高的个子却挺得笔直,不服输的头发又被啫喱水拾掇得根根分明,两道浓浓的眉毛,酷似车仁表的眼睛,目光凌厉,鼻子好圆的，嘴巴倒是棱角分明，不说话的时候却抿得很紧；声音低沉，略带沙哑，富有穿透力；不算帅，但绝对称得上有款有型。

　　几节课下来，大家与这个年龄相仿的教官也熟悉起来。同学里也流出了他的故事：工作近乎痴迷，喜欢研究各种查缉战术、枪械、汽车。两年前，相恋四年的女友受不了冷落，偷偷办好了出国手续，在去机场的路上才打电话告诉他她要走了。他开着车发了疯似的赶向机场，二百多公里的路程他开了不到一个小时就到了。在首都机场大厅，他远远地看着女友办理登机手续，却没有勇气上前把她留住……

　　结束课程的那天晚上，我们十几个同学和他一起去了叫做"大城小爱"的一间小酒吧HAPPY，喝着百威，玩儿起了"真心话大冒险"的游戏。到我了，我盯住他的眼睛："你最拥有什么？"

　　"责任感！"

　　"最缺少什么？"

　　"勇气！"说完一瓶百威被他干掉了。轮到他问我了，他眼睛亮亮的："你呢？你最拥有什么？"

　　"勇气！"

　　"最缺少什么？"

　　"责任感！"在同伴的哄笑声中，我也学着他的样子喝掉了一瓶啤酒。然而，我是不胜酒力的，酒吧的嘈杂仿佛离我越来越远……当我睁开眼睛的时候，酒吧里只剩下了我们两个。他坐在高脚凳上，吧台的灯光从侧面斜斜地把他罩住，他正歪着头静静地看着我，那眼神真的很温柔，灯光打在他的脸上，泛起了若有若无的七彩光晕。心蓦地动了一下，我忽然想起《大话西游》里紫霞仙子的话：我的心上人有一天会驾着七彩祥云来找我。

　　看我醒来，他没有收回目光，反而迎上来，柔声对我说："好些了吗？他们先走了，看你睡得沉，外面冷，怕你感冒，没有喊醒你。老板交代记得帮他锁门。""噢。"我有些惊慌失措，催促他离开。夜里真的很凉，但在我没有被寒意包围之前就已经被一件带着体温和淡淡烟草味道的男式外套包裹住了。"等着，我去拿车！"看着他穿着一件衬衣,瑟瑟地跑去开车,我暖暖的,醉着。

培训结束了,我们就这样开始了。

其实他真的是细心、幽默、睿智的人,和他在一起真的很放松、开心和踏实。其实,我被他宠坏了。那段日子充满了小小的狡黠与甜蜜。

"开车我分不清左右!"

"哦,我会坐在你身边,告诉你是转向我这边还是你那边!"

"如果不做警察你做什么?"

"哦,做美女警察的老公!"

"讨厌你喝多的样子!"

"哦,那我喝多后刷马桶的样子你肯定喜欢!"

"不许看别的女孩!"

"哦,那你给我生的女儿算不算?"

"我感冒了!"

"哦,说明你永远走在流行的前沿,连流行感冒也不放过!"

……

然而,他真得很忙碌,编写教案、查资料,到处学习、培训、讲课……有时候几天不见人影,有时候电话说到一半就匆匆挂断……

我总是气鼓鼓地抢走他的书,藏起他的光盘,或者,在他神情专注地看资料的时候,偷偷地用手指蘸着眉粉给他画上两道蜡笔小新的眉毛,总之就是撒娇加胡搅蛮缠。每次他虽然又气又急,却总是堆着笑,好话说一箩筐,等我"高抬贵手"。

一次,一连两天看不到他,手机也不通,我的心里惶惶的,什么也干不下去。第二天晚上,他兴冲冲地来找我:"告诉你一个好消息,我去了趟威海,找到了一个解剖学专家,和他探讨了好久人体结点!知道吗?熟练掌握并运用人体的结点,就是掌握了人体的穴位和反射区,在徒手攻防中就可一招制敌,轻松取胜……"没等他说完,我哇的一下,哭倒在他的怀里,"坏蛋!玩儿消失,把人家都急死了,你心里只有你的工作!""别哭,别哭。"他手忙脚乱地替我抹着眼泪:"这不是得知专家在威海有讲座,急忙赶过去了吗，我研究这个问题好长时间了，一兴奋，手机忘带了。这几天我一直和专家研究结点，还没合过眼呢，只在回来的火车上吃了一碗方便面。这不下了火车就直接来找你赔罪了？"真的，他一副狼狈的样子，眼睛里的红血丝都可以织成网了。看我还是一副委屈的样子，他说："来，我给你讲一个《秋天抱抱》的故事吧。"

秋天是个心情不好的小魔女，每年她值班的三个月里，总是摘下枝头的花，把树叶染黄再一片片地扯下来。秋天为什么心情不好呢？因为呀，她在生稻草人的气！秋天喜欢那个呆呆笨笨的稻草人。每天晚上秋天都会去找稻草人聊天，可是稻草人尽职尽责地保护着稻田，做好农夫交给他的工作，怕老鼠啊、麻雀啊或者其他的动物来偷吃。每回秋天来找他的时候他总是盯着稻田。秋天一年只来这么一回，稻草人怎么可以这样冷落她呢？难怪秋天会生气。所以啊，秋天把稻子变黄让农民早日收割，让稻草人没有工作可以做。秋天怕稻草人生气，所以一直躲着稻草人，直到有一天稻草人来找她。稻草人好像很生气地和秋天说："你怎么这么不讲理呢？你知道我努力工作是为了什么吗？"秋天摇摇头，稻草人拿出两袋秋天最喜欢的玉米。原来稻草人努力工作就是为了送给秋天她最喜爱的玉米！秋天低下头，稻草人伸开双臂，对难过的秋天说："小魔女，知道吗？稻草人真的好爱秋天！来，秋天抱抱！"

哦，我是那个爱生气的小魔女吗？他那么卖命工作是为了我吗？

"来，秋天抱抱，稻草人知道秋天很爱很爱他的。"他微笑地望着我，我羞怯地垂下头，紧紧地抱住我的他。

从那以后，他忙碌的时候我会静静地戴上耳机，一边听钢琴曲，一边远远地望着他，最喜欢那眉毛，神情专注的时候，那或舒展、或紧蹙的眉毛是那样的可爱。偶尔，他会抬起头，对我轻轻一笑，说一声："秋天抱抱！"我会乖巧地给他一个大大的拥抱。通电话不得不挂时候，我会说"秋天抱抱"，他总是说"小魔女，爱你，擦棱黑呦"。我心里立刻胀得满满的。

难得空闲的时候，我们喜欢去海边，最爱晚上的大海。相拥着坐在沙滩上，看月亮把远处的那片海水点出金色波纹，听着浪花轻吻着海岸，什么也不做，什么也不说，什么也不想，没有了时间与空间的观念，没有了喧嚣与烦扰，苍茫的天地间仿佛只剩下我们两个人，那就是地老天荒吧。

一天，他约我下班后去大城小爱酒吧见面。声音幽幽的，没等我说"秋天抱抱"电话就挂了。好不容易挨到下班，忐忑不安的我来到大城小爱。推开门，满屋的蜡烛，美轮美奂，平日的乐队不见了，音响里放着那首熟悉的钢琴曲《痛苦的心》，他伫立在烛光深处，空气中弥散着一种绝美的气息。

那一瞬间，我突然想到"世上安得双全法，不负如来不负卿"。一丝凉意从脚底悄悄攀上身体。

他告诉我，她的父母来找他了，她在国外过得并不好，工作上的不如意，生活习惯上的不适应，平日里没有亲人朋友的孤寂，而且在体检中查出了肾衰竭。回国后，她拒绝治疗，不吃不喝，不见任何人，每天拿着与他的合影不停地流眼泪。

我什么都明白了，不敢抬头看他痛苦的样子，不敢直视他凄寒的眼神，不敢呼吸屋子里令人窒息的空气。

"我为你唱首歌吧！"我深深叹一口气，掩盖我的心碎裂的声音，惨然微笑着，对他说。"把《勇气》送给你！"

"终于作了这个决定，别人怎么说都不理……"脑海里全是第一次在这里相聚的画面……

"你最拥有什么？"

"责任感！"

"最缺少什么？"

"勇气！"

"你呢，你最拥有什么？"

"勇气！"

"最缺少什么？"

"责任感！"

……

"我们都需要勇气……"歌没唱完，我已经泣不成声。

他轻轻地揽住我,一如那一次把衣服披在我的肩上,只是我不再觉得温暖。他盯住我,一字一句地说:"把我自己写的歌送给我最心爱的小魔女!"泪光中,那首歌,流淌在心上……

"不后悔牵你的手,
明知错了也不回头,
就算这是杯有毒的酒,
就算到最后一无所有。
不要说对不起,
不必说我爱你,
因为爱在一起,
因为爱有距离。
你心里是我,
我眼中有你,
还有什么值得在意?
既然短暂的才永久,
又何必长厮守,
用岁月的刃刻在心头,
这段路陪你走——"

秋天是成熟的季节,这个秋天他牵着她的手,走进了那座城。后来,在他的鼓励和陪伴下,她的病经专家确诊,是输尿管崎岖性狭窄,造成尿液溺留左肾,毒素无法排除造成的功能性衰竭,在一次手术后,也渐渐地恢复了。秋天,在没有他的日子,我也终于学会了坚强。每当黄昏的时候,我总是登上城外的那座小山,站在山顶的小亭里,朝着他的家的方向。天色一点点暗下去,灯火一盏盏浮上来。每一扇窗、每一盏灯后面总会有温暖、幸福的故事吧。我张开双臂,向着万家灯火,轻轻地说:"秋天抱抱。"

(原载"中国公安文学精选网"2015年6月1日)

十五的月亮

黄 志

八月十五这天,一大早,单位领导打来电话,关心地对我说:"如没有紧急情况,你就在家好好休息吧。"我心想,这真是"太阳打西边出来了"。对领导对我的关怀,我礼貌地向领导表达了谢意……

时间像飞絮,一天很快就要过去,悬在西部"猫耳山"山顶的那轮又红、又大,"蛋黄色"的太阳,比月饼中的蛋黄还鲜,样子可爱,令人不禁展开联想……

晴朗的天空,夕阳把我居住的小屋染上了一片金色的光泽。此情此景,想到今天是"中秋节",我唱起了多年以来最爱唱的《十五的月亮》。

或许是唱得过于投入,以至于当我唱到"啊!祖国昌盛有你的贡献"时,"啊"字刚一出口便被急促的电话铃声打断,吓我一大跳!喉咙里像扎了根鱼刺,"啊"字被卡在嘴里……

"老黄——电话,接电话。"夫人的声音很平,不大、不小,不紧、不慢,显得很镇定,不像我那副吃惊的样子。

"知道了。"我放下唱歌时都没有放下的一本小说,心想,这时来电话,会是谁呢?我猜,八成是我原来的老战友。记得几天前,在河南安阳市法院工作的战友桑振平给我打过一个电话,说他们法院"中秋节"放假三天,他要偕夫人来京看我,并说我在部队当"文化教员"时,他跟我学了不少的知识,才有了他今日人生的辉煌。其实,我明白他是赞美我、高抬我。尽管这样,我还是感到心里美滋滋的,嘴里像嚼了一块糖,能得到别人的认可,心里总有一种说不出的喜悦和成就感……

我慢慢地拿起电话,满心欢喜地等待老战友的声音出现。

"黄志,是黄志吗?"

"是我,你是桑振平吗?"

"我是房山分局的。"这句话,我可听得真真切切。糟糕,我心想,我许诺妻子明天驾车游玩的计划,怕又要泡汤了,这电话来得可真不是时候……

我认真地听着电话,"今年中秋节、国庆节连续的两天假,遵照上级的指示,为确保两节期间燕山地区的社会安全,全体民警一律停休,如有新的指示另行通知。"

"明白!"

可撂下了电话,一种失落与无奈的心情一齐涌上我心头:夫妻一起生活了二十多年,妻子头一次向我提出假日旅游,可这再简单不过的要求,我竟然身不由己而无法满足她。

我呆呆坐在电话机旁,看了一眼屋顶上的灯,昏黄的灯光像是跟我过不去,瞪着大眼冷冷地注视着我。

"来,老黄,吃饭吧,看你这副发愁的样子,来电话说值班的事吧?你就上好你的班,别为游玩的事发愁,单位需要你,而咱们家中的老人都需要我照顾,你我都有任务在身,哪有心思出去旅游呢?"

听了妻子的话,像是给干渴中的我一碗水喝下,我浑身都舒服了。妻子在桌上摆着饭菜,"夫人炒菜真香,辛苦你了。"我努力地想摆脱失落的心情,算是回答妻子,也是对没有满足妻子假日游的要求表示歉意。

她冲着我笑,边解围裙边说:"吃饭吧!""还没有酒哪?"妻子知道我在逗她,拿着一瓶橙汁,往桌上一碰,"酒在这里!喝点儿吧。"她拧开了瓶盖,把橙汁递给我。我感到有些惊讶:"你怎么知道我今天上班?我接的电话里面说什么你都听到了?""我猜你们今天都要上班,"她又反问我,"你们民警哪个节日不上班呢?"

这下真把我问住了,我一时答不上来……

妻子说得对,回忆过去,我从事警察职业二十几年,还真没有哪年的假日能在家休息。

别人在假日里,总是一家人出门旅游,游名山大川,在海边漫步,海风吹动着衣衫,赤脚踩着松软的沙滩,那真是一种浪漫的生活。而我和妻子近在咫尺,却像是天各一方,相守着孤独,我觉得很不是滋味,像是亏欠了妻子许多许多……

吃过晚饭,临走时,妻子给我衣兜里放上一块月饼,"今天是中秋节,晚上值班,饿了就吃块月饼。"

这天晚上,我与全体民警一道,坚守在各自的岗位上。燕山的大街,灯火通明,路上的行人和车辆比平时少了许多,一阵风吹来,树上散落下几片树叶。我抬头看了一眼呆呆挂在天空的月亮,静谧中我随身的手机响了。

"喂,是黄志吗?""是我!"

"我是桑振平,不好意思,今天我就不去北京了。每逢佳节倍思亲,可是,今天我不能去看望我的父母,因为,我手头还有一起民事纠纷的案子没办好,睡不着啊。你我都是部队时期的老党员了,人民的利益高于一切。我现在就去当事人的家中现场办案,人民需要我们哪!"

听了老战友的一番话,我俩相互鼓励,"人民需要我们哪!"这句话一次次地在我的耳边回响。是啊,我是个老党员,人民的需要就是我人生价值的体现。今天我加班,也是人民的需要啊!想到这儿,我觉得天上的月亮更加明亮了,燕山家属区内的万家灯火,仿佛无数双眼睛,在向我致敬。

我继续在大街上巡视。这时,我身边一位年轻的民警打了个寒战,而我却一点儿也觉不出冷。因为,在我的衣兜里,有妻子送给我的那块带有体温的月饼。直到天亮,这块月饼我也没舍得吃。因为,这圆圆的月饼,就像妻子的一颗心,在寒风吹过的这个夜晚,在月光下,明明白白地在温暖着我。

(原载"中国公安文学精选网"2015年6月4日)

所谓的聪明与傻

吕 铮

可能是当警察时间长了，总觉得人分善恶、事分好坏，总相信善恶有报、苍天有眼。好人有好报，其实指的并不是因为你好，别人就会对你另眼相待，而是因为你善良，便不会被身边的人设防、算计，于是心中坦然、生活平安。而恶人呢？往往自视聪明，拿别人当傻子，总以为投机取巧可以成事，机关算尽可以蒙混过关，殊不知这世界上谁都不比谁傻一分钟，你当下占了便宜、挖了陷阱，但当有一天别人醒悟之时，便会群起而攻，你会死得很惨。所以恶人总会有恶报的原因，并不是好人会用相同的手段还击，而是恶人自掘坟墓、被他人唾弃。所以在我心中一直有个底线，这个底线其实已经很低，那就是如果是朋友，咱们处、咱们交、咱们莫逆；如果是路人,咱们各走一边、互不干涉;如果是小人,那我就躲得远些,只要不威胁我,我便不会与之牵扯;但如果是恶人,侵犯底线、丧尽天良,那一定得予以还击,不能任人宰割。这个世界是公平的,没有谁会一直占便宜,往往耍小聪明的人,最后会失道寡助,成为笑柄。

　　搞过几年预审,虽是皮毛,但我却越发相信他人的面相。面相其实并不是迷信,而是人成年之后由于心态形成的表情惯性。一个人开朗面相便阳光,一个人阴郁面相便带苦相,一个人聪慧眼神便显发亮,而一个人狡诈,便会低眉看人眼神游离。所以看表情、眼神、说话时的语气,便可以判断一个人内心的尺子,对方某个不经意的真实表情会暴露他的内心世界。在生活中,我挺厌烦几种人,第一种就是当着一屋子人,与其中之一说话总是窃窃私语,仿佛掌握了多大的秘密;第二种是热衷探听他人隐私,并以此为自己的谈资;第三种是话里带刺,拿自卑当自尊,总先拿话打人一下,再装作谦虚;第四种便是前三种人的结合体,更加卑鄙恶臭。但俗话说得好,林子大了,什么鸟都有,世界广阔,还不允许有几个歪瓜裂枣?想想也是正常,有武松就得有西门庆,有贞洁烈女就得有男盗女娼,有行善的必有作恶的,没几个恶毒小人,咱本命年还怎么穿红挂绿躲小人儿去?但我总觉得,恶人大都是智慧不高或自视过高之人,要么太拿自己当人,要么太不拿别人当事,总觉得天底下就他聪明,总觉得自己藏在裤裆里的阴谋会天衣无缝。但北京有句老话,走路被摇甩,小心扯蛋!说的就是这种人的报应。世上的成功者,大都是有大智慧和海量胸怀之人,他们即使被人算计,也不会贸然还击,而是顾全大局、以和为贵;而睚眦必报之人,一生都陷在小矛盾中不能自拔,总会拿自己针鼻儿似的心胸去猜忌别人,拿自己脑海中最恶毒的想法去算计别人,也许年轻时可以欺瞒一时、侥幸过关,但到了老年必是疾病缠身,连遭厄运。于是在每次执法办案中,我总会想,其实法律就是一条底线,执法者不能模棱两可,对罪犯的怜悯就是对善良的漠视,对罪恶的放纵就是对正义的不作为!我们打击罪恶的主要目的,就是保护绝大多数善良人的平安。如此想,我的工作便充满了意义。

我有个警校同学,从警校开始便总被人说傻,为什么傻呢?因为他不与别人争抢,干活不惜力、不投机取巧;我还有另一个同学,从十多岁便开始混圈子、拉关系,眼睛滴溜乱转,说话引而不发。而十五年之后的今天呢?那个"傻"的同学在同一个平凡的岗位默默地耕耘,用别人辗转腾挪的时间去施肥、种地,结果十年磨一剑,收获颇丰,不但级别职称都上去了,而且妻儿幸福、生活安稳;而那个"聪明"的同学呢,十年来调了无数个岗位,送礼无数、永不满足,结果一直到现在还是个碎催,他的小聪明让所有人都远离他。于是看来,真正的傻子反而是自认为聪明之人,而真正的大智慧则是为人坦荡、真诚做事的人。想想也是,都奔四张的人了,谁会愿意拿自己紧巴巴的私人时间去和机灵鬼周旋?交一两个知己足矣,朋友圈不在于多,而在于精。那个"傻"的同学就是因为诚实坦荡,成了大多数人可以信任和交心之人,"看山是山、看水是水",其实和"看山还是山,看水还是水"是同一级别,往往高不成低不就的智慧,会被"看山不是山、看山不是水"所误。几年前我有一段非常背的时间,奶奶去世、家人生病,我还在外地出差,无法照顾。万般无奈,我给两个君子之交的朋友打电话,请求帮助,结果两个朋友立即帮我扛起了重担,其中一个大哥只跟我说了一句话,我便忍不住泪流满面。"兄弟,你家人就是我家人,忙你的。"就这一句话,我就觉得自己交这个朋友,值了!人这一辈子啊,有这样的朋友,一两个足矣,足矣。

说了一圈,还是不禁一声叹息。真的希望每个人都过好自己的日子,甭总把自己的腿往人家裤裆里插,别总吃着自己碗里的,还盯着别人的饭盆。这个世界有的是机会,只要勤奋努力,像我那个"傻"的哥儿们一样,默默耕耘、辛勤劳动,总会有一天能拨云见日、瓜熟蒂落。别总觉得自己聪明,觉得别人傻,兔子逼急了也咬人,如果真落到破鼓万人捶的地步,那谁也救不了你。交友,慎重，时刻用阳光的心态对待阴霾，慎独，慎行，别总觉得自己是在藏锋、藏智，把自己放低一些，便会有更多的收获，交更多的朋友。我师父说过一句话，别拿人当人，别拿事当事，你永远不是上帝，你永远是芸芸众生中的一粒微尘。切记！

（原载"中国公安文学精选网"2015年11月26日）

润物细无声

郭 卫

他是教师出身的公安局局长，从学生时代他就养成了艰苦朴素的生活方式。从教师岗位选调进入公安机关，仅局长已当了十年，他那件结婚时购置的米黄色巴拿马西装，着便服时还会穿出来。

就这件衣服而言，既一般，又不一般。

一般的是这仅仅是一件衣服而已，不一般的是他自担任公安局局长以来，只要穿上这件衣服，就会有与他有关的事情发生。初任大曲县公安局局长时，他穿着巴拿马西装，通过明察暗访，把一帮喜欢吃请，经常出入 KTV 的派出所所长管理得规规矩钜。从此，他在全市公安机关有了队伍管理高手的美传。

去年，新的年关即将来临时，洋河县公安局

的队伍管理出了点儿问题,市局党委对该县公安局的主要领导进行了调整,他临危受命,从大曲县调至洋河县任公安局局长。对大曲县而言,洋河县是大县,人口是大曲县的六倍,警员自然要比大曲县多出六七成。如此庞大的队伍要管理好,确实是个不小的挑战。为此,他接到任命后着实思考了一番。

考虑再三,他心乱如麻,越想越没了主意。干脆他就不再想了,先用用老办法再说。

于是,他赴任时叫来自家老二跑客用的面的车,拉上行李,穿上米黄色的巴拿马西装,拣了条新修的市际公路,早饭后进入了洋河县。

不到三个时辰就到了洋河县的天池乡。迷迷糊糊中,他看到车外满山的积雪压得树枝都弯了腰;飓风掠过车顶,发出唔唔的鸣叫;路和地连成一片,要不是行走的车辆碾出两道露出黑色路面的车痕,真不知道哪里是路,哪里是地。

他对老二说:"开慢点儿,路滑!"刚说完,老二就把车停了下来。他跟随老二下车一看,原来前面转弯的地方,由于路窄而且路面积雪厚,两辆面的车相向撞头,发生了事故。

于是,他三步并作两步,赶到事故现场。看到事故造成三人受伤,他就指挥着把三个受伤人员抬到老二的车上,让老二掉头在其他人员的陪同下往成州县苏丹镇医院送去,因为那儿距事故点最近。

救治毕伤员,他寻思着,老二回来还要一些时间,与其在等待中打发时光,不如先到附近的派出所转转,熟悉熟悉情况。

已经报案了,其他人在等待交警的到来,因此事故现场还有人站着。他向这些人打听:"请问天池派出所离这儿有多远?"

有人答:"顺路往北走,再过一个村庄就到街上了,派出所在街上左手边,有牌子,能看见的。"

他对那个回答他话的人说:"我的车回来了请说一下让他直接往街上走,我在派出所门口等他。"

"好的!"那人说。

走了约五里路，他来到了天池派出所。此时已十点多了，派出所的大门还紧锁着，一院的积雪，满眼的洁白，几只麻雀在墙头上跳来跳去，打破了这里的寂静。要不是看到大门上挂着派出所的牌子，还以为来到了千年古刹。他叫了好一阵，一个年轻人披着大衣来开门，从房间到大门踩出了两行脚印。

年轻人边开大门边问："这么早，你来派出所有啥事？"

他问："所长在不在？"

年轻人说："都腊月二十四了，所长昨天回去过年了，你是哪个村的？和谁打架了？说清楚我记录下，年过了再说。"

他回答："没有和谁打架啊！"

年轻人说："没打架你浑身的血哪里来的？"

这时他才低头看了一下，原来往老二的车上抬伤员时，把血弄在衣服上了，由于体胖爱出汗，用手擦汗时，又弄了一脸的血。难怪年轻人把自己当成了报案的。

他自嘲了一下，又问年轻人："所长来不来？"

那年轻人反问道："快过年了，这么大的雪你说来不来？"

与年轻人的对话令他很沮丧，他想走，可无意间看到墙上挂的"监督牌"上有所长的电话，他就拨通了所长的电话，结果铃声从所长办公室传了出来。他又去敲所长的门，一个与他年龄差不多的男子披着警用大衣，迷迷糊糊地从里面出来，用两只手紧拉着大衣的前襟问："啥事情？我的人不是给你说了吗！打架的事过完年再说，你咋还不走？"

他一看所长和开大门的年轻人一样，凶巴巴的，于是只是记住了所长的尊容和名字，把想说的话咽了回去。

从派出所出来，正好老二把伤员送到医院后来到派出所门前。他一脸的懊丧，便和老二来到了洋河县城。

登记好宾馆，刚进房间，市局政治部就打来电话："明天早上市局局长亲自送您到洋河县赴任，下午洋河县委和政府主要领导在公安局召开欢迎会。"

他说："我已到洋河县了，不再麻烦领导了。"

在宾馆洗了把脸，他就和老二出去吃饭，弟兄二人有共同爱好，都爱吃牛肉面。

于是二人在街上寻了一家牛肉面馆，刚坐下还没给老板报单，邻桌的五六个小伙子不知啥原因，打起架来。老板报警后半小时过去了，打架的人从里面打到外面，又从外面打到里面，在场群众已难解难分，他和老二也参与到劝架的行列，可拉架拉出了一身汗，警察还不来。

于是，心急如焚的他问老板："派出所在哪儿？"

老板用手指着回答："不远，就在斜对面。"

他有些焦虑，就顺着老板手指的方向来到大湖派出所。这个派出所很是气派，六层办公大楼临街而立，金黄色的"严格执法，热情服务"八个大字，在夕阳下很是耀眼。一进大门，靠右边的"值班备勤室"五个红体字赫然入目。值班室里有个不到三十岁的小伙子，披着一件黄色军大衣，右手拿着遥控器在选台看电视，经了解是一位刚分到派出所的退伍军人（协警）。

他问："值班室就你一人吗？"

小伙子若无其事地回答："今天值班的有十五个人，有人请客，所长都带着出去吃饭去了，我一个人守电话。"

他又问："刚才没人报警吗？"

小伙子说："没。"

他又问："斜对面的牛肉面馆里有人打架，你没听着吗？"

小伙子回答："听着哩，但那是巡警的事，巡警队负责处警，派出所负责办案。"

他听了小伙子的话满脸不解，还想问话，突然一帮人说说笑笑，评论着酒店的饭菜朝着派出所走来。

他估摸着，这里面可能有所长，就又问小伙子："哪位是所长？"

小伙子压低声音回答："戴一级警督的那个就是！"

他面带笑容，伸出双手，迎着所长，正想给所长做个自我介绍，所长就用手指指着他，连珠炮似的说："打架了？受伤了？到医院先治疗去，过罢年了再来！"

听了所长的话，他把伸出去的手又收了回来，并低下头看了看自己，原来在宾馆没有换衣服，抬伤员时沾的血迹还在身上，人家又认为自己是报案的。

此时此刻，他觉得再没必要说啥话了，就看了一眼这个派出所的民警监督牌，记住了所长的尊容和名字，从派出所出来，回到了牛肉面馆。老二已经把面要好了，打架的人也散了，听说是老板多次打电话巡警才来把打架的人带走的。面馆安静了许多，但还有几个人骂骂咧咧，说："派出所不管事。""尽是些吃闲饭的。""国家尽养活一帮废物。"……

他在难以平静的心情中风疾火燎地吃了碗牛肉面，就回到了宾馆休息。

第二天下午，他如约参加了洋河县公安局的欢迎会，会议由县委书记主持，会上市局局长对他本人的基本情况和近年的工作做了介绍，他亮相后做了表态发言。

开会时天池派出所和大湖派出所的所长与其他所（队）长一样，坐在台下迎接新任局长。台下的人一会儿认真记录，一会儿迎合主持人鼓掌，只是这二位所长如坐针毡，大冷的天，时不时额头上冒出汗珠，因为他俩都知道自己迎接的新任局长，就是昨天来过派出所的那位穿米黄色巴拿马西服，而且身上有血迹的人。

二人在惶恐不安中开完了欢迎会……

当天晚上，两位所长中的一位来到他的房间，先是做检讨，后是表决心今后如何好好工作，不让局长失望，再就是给他送上了一幅字画，说是谁谁的真迹，花大价钱托人从北京弄来的，希望笑纳，以后多多关照！

他笑着说："没事，你能来看望我，说明你已经有所动，你的决心我收下，你的字画请拿走。以后把工作放在心上，把责任担在肩上，搞好工作就行。昨天我来所里的事不要告诉其他人！"

第二天中午，又一位所长来到他房间，先是做检讨，后是表决心今后如何好好工作，再就是送上两条南京香烟，说是妹夫在南京办了个公司效益很好，过年回来时带了两条烟，很珍贵的，自己吸了可惜,希望笑纳,以后在工作中多多照顾!

他笑着说:"没事,你能来看望我,说明你有所动,你的决心我收下,你的烟请拿走。以后把工作放在心上,把责任担在肩上,搞好工作就行。前天我来所里的事不要告诉其他人!"

就这样,他在洋河县走马上任了。

上任伊始,他了解到天池派出所和大湖派出所是洋河县公安局多年来各项工作考核居末位的两个派出所,难怪从所长到民警素质都不咋地。他原计划要把这两个派出所认真整治一下,不料,匆匆忙忙又到年底了。结果年终考核中,这两个派出所出人意料地并列第一。不论是党风廉政建设,还是队伍管理;也不论是重点工作,还是群众满意度,样样考核都名列前茅。更为重要的是,洋河县公安局去年因某窗口单位与群众发生口角,出现正面冲突后队伍才出了事,主要领导受到了处分。结果自己才来一年,在全省公安机关开展的"不作为、慢作为"专项行动考核中,洋河县公安局成效显著,全市排名第一。

这就是他在实践中探索出来的"以德育警、以情暖警"工作法,又在洋河县开花结果了。

他的这种工作方法,省公安厅的厅长很是偏爱,曾经批示:"队伍管理上打心里战术,'润物细无声',效果显著。政治部应在全省推广!"

他曾到几个市、县公安机关做过经验介绍。

莎士比亚曾经说过:"无言的纯洁的天真,比说很多誓言更能让人融化"。新任局长由于某种原因来到洋河县公安局两个多年考核居末位的派出所,两个派出所的民警和所长以相同的工作方式进行了推诿和慢待,使新任局长很是恼火,但新任局长以独特的工作方法,仅一年时间,就使其成了全局各项工作成效显著的领军派出所。究其原因,就是新任局长方法得当,他发现问题后,既没有摆架子当面训斥,也没有行规程事后追责。而是在特定的气氛中,要求所长们实实在在地把工作放在心上,把责任担在肩上;做人要实,谋事要实;心里重视,才能把工作干好;肩上有担子,才能把工作干在前面………一切尽在不言中。

　　这样既没有给人当头一棒子,也没有撕破人面子,以"润物细无声"的方式从内心引起行为人对工作的重视,反倒成了行为人工作过程的潜在动力,发挥了队伍管理中任何措施都难以起到的作用,真可谓"随风潜入夜,润物细无声"。

　　　　(原载"中国公安文学精选网"2015年6月11日)

我救过的一个女人

徐春燕

五年前,我因伤住院。隔壁床上住了一位肾结石患者琼,来探视她的人挺多,其中一个女人(花花)在探视她的时候却哭哭啼啼的,抽泣着说:"我要杀了他!"

我忍不住透过隔离帘打量她的模样。花花约莫五十岁,长相一般,满脸憔悴。琼示意她说:"隔壁是个女警察,问问她怎么办?"

隔离帘被拉开,我看清了她的脸。眉毛被文得粗粗的,染了一头黄发,像一蓬蒿草。泪还挂在脸上,和着眼线的黑色被抹成了脏兮兮的浑水。

花花投来恳切的目光。原来,花花因邂逅与一小自己十岁的男人哲结了婚。而自己原先很不错的前夫被她彻底抛弃了。婚后倒也平安,可是五年后,哲的哥哥因车祸去世并将一座工厂和数百万遗产全部留给了哲。

哲与花花从一贫如洗到突然暴富,两人尽情享受了一番好日子之后,生活开始出现裂痕。花花已经年老,不能再生育,而哲忽然想要一个儿子。工厂会计妮妮嗅到了裂缝的气息,毫不犹豫地钻了进来,成为第三者并成功受孕。

花花得知后,气得跟哲大吵,软硬兼施皆不得要领,于是出现了开头那一幕。

花花告诉我,自己已经磨了一把锋利的刀,准备晚上将熟睡的丈夫杀掉。现在刀已经被藏在家里,还说自己"已经没有勇气生活下去,只能这一条路走到黑了"。

花花很决绝,对琼的劝只字不进。显然,摆在我眼前的是一个难题。

我出人意料地问道:"花花,能给我看看那把刀吗?我要确保它是锋利的。"花花和众人都瞪大了眼睛。

晚上,花花果然将刀拿来了。报纸裹着一份沉甸甸的杀气,被交到我手里。"好吧,咱俩谈谈后续工作。"我一边端详这把雪亮的匕首,一边不温不火地说。

"咔!"我做了一个动作,"花花,现在你已经成功杀死了哲,你开始坐牢,女儿将一辈子背负不好的名声,包括你的父母和兄弟姐妹;哲的女人妮妮呢,将堕掉哲唯一的后代或生下他并带走哲的大部分资产。"

花花的眼神忽然恍惚起来,不像原先那样决断和凶光毕露了。

一番点拨之后,花花止住了哭泣。

一个多月的相处,花花开始展露笑颜。我拄着拐棍,一瘸一拐地陪她在附近饭店小坐、谈心,她也回请我。就这样,三个月后,花花终于按照我的意思,真的很平静地和哲离了婚,而哲留给了她为数不多的一部分财产。

一年后,花花来看我的新居。开车送她的,竟然是哲。走的时候,我看见她和哲在车厢里相处甚欢,花花俨然早已没了心理阴影。

  此后的花花，最好的结局是与第一任丈夫复婚，但是花花没有这么做。她选择了重新开始。

  我的工作很忙，一直没再联系她。她总是在逢年过节的时候发短信给我要请我吃饭，而我从未回过信。

  那把被磨得极其锋利的匕首被我"贪污"了，我已经不记得它被扔在哪里了。今天，偶尔想起了花花，便查了下，花花的婚姻栏里还是写着"离婚"。

（原载"中国公安文学精选网"2015年6月12日）

艰难年代的读书故事

甘克明

山沟里出身，苦难中成长。我生在"三年困难时期"，经历"文化大革命"等运动。少年到青春时光，寂寞如野草疯长，饥饿常眼冒金星，忍受着精神和肉体的双重折磨。唯一的快乐，莫过于借到一本小说，找一处幽静的地方，美美地过上一把瘾。随着书中人物进入故事，如同小孩在沙滩玩耍，忘记时间，忘记肚子饿，忘记大人骂……从那时起养成了怀揣小说的习惯，到今天年已半百，口袋或包里可以没有钱，但不能没有书。

那个年代，我们这些山里孩子，除每天上午上四节课外，早晨下午放牛，星期天砍柴，春插双抢（抢收抢种）支农，劳动是主课。忙里偷闲能看到一本好书，就好比山上挑下百斤重的柴，坐田埂沐浴清风般舒坦！那感觉，沙发再松软，也敌不过田埂的湿硬。

酷暑烈日，田间打谷机声音轰鸣，社员"放卫星（收割比赛）"号子震天。中途，听到队长扯开破锣嗓吆喝大家"歇一下，抽袋烟"。我便抛下镰刀，兔子般钻进一条柳荫下的小溪，顾不上擦一把沾满泥渍的脸，打开一本神话小说，在塞满耳畔的蝉音中，在轻抚脸颊的凉风里，在鱼儿啄脚趾的痒痒里，进入美妙的神话世界……怎一个"爽"字了得！只可惜，一袋烟的工夫太过匆匆。

只有下雨天，才是老天赐予我的最佳读书日。雨天不用下地，劳动力可以大白天蒙头大睡，一洗全身腰酸背疼的劳累。

暴风骤雨如千军万马在屋顶厮杀，裹着闪电的霹雳在空中炸响。关上门窗，聆听瓦缝漏雨的"滴答"声和闹钟秒针的"滴答"声，心生一种鸟鸣山幽的宁静，腾升一份特别的幸福感！此时，给自己斟上一杯冷茶，展开一部厚厚的小说，悠然入胜……读到妙处，摘录本中，留闲暇欣赏和玩味；并从此养成"不动笔墨不读书"的习惯。它为我日后的公安写作，打下了坚实的基础。

很快，这种幸福的宁静，随着该死的雨停，被母亲的叫骂声打破。父亲长年在外工作，爷爷、奶奶和姐姐、弟弟、妹妹，一家九口的生活重负，全压在母亲一人肩上，况且她还担任着大队的妇女主任。事多心烦易火。一次看书入迷，妈妈从大队回家，见水缸没水，灶前没柴，一把夺过我一本《唐诗三百首》，一撕两半，侥幸的是没有往下继续。联想她曾失手打伤一个同龄男孩，我撒腿就跑。母亲在后面追着我臭骂，朝我扔石块。当时正纳闷，不足十米远，嗖嗖飞来的石块就落我脚后跟，何以命中率为零？！长大后，才明白母亲的良苦用心。

受书中"英雄"的影响，二十岁那年，我报名参军。部队紧张繁忙的训练和开会、学习、搞生产，一天到晚满满当当，鲜有时间坐下来继续我的爱好。好不容易等到睡前看上几页，九点熄灯号一响,营房立即一片黑暗。

冬天尚可躲进被子里打着手电,接着我的书中漫步。记得一个北风呼啸,雪花飞舞的冬夜,被子里手电的光明,小说的精彩,营造出一个温暖如春,幸福似梦的小天地!令我兴奋不已,永生难忘。美中不足的是,被子里的憋闷让我如冰下海豹,要不时地探出头来吸几口气。就在我探头吸气的当儿,正巧撞在排副查夜的"枪口上"!在挨剋的同时,我的书和手电,成了他老人家的"战利品"。

在那个没有电视电脑、文化娱乐荒芜的年代,凡能设法借到的古今中外的文学名著,都弄来饥不择食地饱"餐"一顿。虽然多是一些有头没尾、有尾没头、无头无尾的残破旧书,却都能使我心情大好、胃口大开。直到初中毕业进共大,我仍相信小说中的人物是真实的。一同学是从某小说人物故乡来的,我便傻傻地问起他书中的"某某某",那同学一头雾水。后来,才知小说是艺术创作,是作家的妙笔生花。这时,我已爱上写作,就更离不开看小说了。

看书不易,借书更难。个中滋味,不是那个年代过来的人是难以体会的。借书的故事,容下次再表。书,如同我最亲密的朋友,陪伴我度过了艰难年代寂寞、苦涩的青春时光;让我这个山里孩子,较早地认识了山外那个纷繁复杂、充满诱惑的奇妙世界;鼓励我对待自己毕生所追求的东西,"只有初恋般的热情和宗教般的意志,人才有可能成就某种事业"。(路遥)

今天,对读书的爱好,已融入血液深入骨髓,成为我生命中不可缺失的重要内容。我把新购置的三室二厅中的南北两间,装修成书房。冬天南面暖,夏季西边凉,最适宜读书写作。两室书架上摆满了我小鸟衔窝、一本一本从书店和网上淘来的各种书籍(多为小说)。爱书成癖。许多新书,虽然来不及翻看,但捧在手心,摸摸书页,吻吻封面,嗅嗅油墨芳香,当春风一度,让我痴迷。

从部队退伍到公安局工作,几十年来爱好使然,我写过大量的通讯报道,出过小说集,获过各种奖项,并加入了省作家协会……现在,书多了,条件好了,有时间读了,再不用害怕饿肚子,不用担心队长催工，母亲叫骂，副排长查夜……然而，我依然十分怀念艰难年代里，在鱼啄脚趾的柳溪、在电闪雷鸣的雨天、在雪花织梦的冬季、在沉重的劳动之余，那苦并快乐的读书时光……

（原载"中国公安文学精选网"2015年7月30日）

派出所里的老王

刘 建

三年前一个寒冷的早晨,我平生第一次踏进派出所的大门。

那不是一个普通的派出所。它坐落在城边一座长年被森林覆盖的高峰之上,山脚下曾是三百多位革命先烈为国捐躯的地方。

派出所给我的第一印象不是蓝白相间的严肃色调,虽然高处不胜寒,我却真真切切地被一个微笑暖化了。

"他叫老王,每天早上都是头一位到所里。"

"呦,这也让领导表扬喽!"

教导员领着我熟悉所里的情况,话音未落,一位身材偏胖、个子不高、肤色黝黑的老民警从值班台旁的椅子上缓缓站起来。

"老王当了二十年的兵,转业到所里也有十

多年了,本是退休的年纪,因为所里缺人,老王主动申请返聘,为所里分担比较繁琐的前台接待工作。"教导员不无动情地对我讲。

"叮零……叮零……"倏地,值班台上的电话机响起急促的铃声。老王像是又要说些什么,听到铃声,他伸出右手朝话机的方向摸了摸。

"这里是派出所,请问有什么可以帮到您吗?"老王右手扶着话机的外侧,略带颤抖的左手提起话筒,连接话机和话筒的线在半空中摇晃着。老王的声音明晰而铿锵有力。

"噢,问小张电话呀,您听好嘞,××××××。"所里的通讯录就放在话机旁边,老王一眼也没有瞥。

"老王虽说眼睛看不见,但记性可好了,他记得所里所有同事的电话号码。"老王接电话的当儿,教导员向我补充道。

我清楚地记得,当我得知老王双目失明的那一刻,我的双脚像结了冰似的僵在地上,喉咙一阵痉挛,是惊异还是恍悟,是感动还是怜惜,我无法形容当时的心境,只能明显地感受到,一股暖流渐渐在胸中淌开。

此后,我和老王成了朋友。

论年纪,老王可以做我的父亲。不过老王总对我说,他喜欢交朋友,不分男女老少,他都愿意真诚相待。

有一次,所里组织民警到附近的敬老院慰问孤寡老人。老王刚刚坐上条凳,和一位蓄着白胡须的老爷爷握着手相互问好,不料一群老奶奶从院子的各个角落一股脑儿涌过来,有几个眼疾腿快的老人还边走边喊:"老王来了!老王来了!"老王连忙侧了侧身子,循声应道:"大伙慢些呀!"待老人们围成一个圈儿,老王黝黑的脸上挂起一串舒朗的微笑来。

"有时间该多去看望那些老人哪,他们孤身一人活在世上,不容易啊!"在回所的路上,老王叮嘱我。我下意识地看了一眼老王的眼睛,那眼角的泪花已依稀可见了。

我曾想,失明也许是人生最大的苦痛,而老王告诉我,失掉热心才是生活最可怕的敌人。

所里的食堂设在最高处的四楼,楼道狭窄,梯坎也有些陡。有几次用餐的时候,我主动提出搀扶老王上楼,但都被老王婉拒了。老王笑着对我说:"我身子还硬朗,上下班我都一个人探着走,上个楼容易着哩。"我听同事说,老王的爱人也常常要求把老王送到三公里外的派出所,老王一脚踩出门槛,回头向爱人咧了咧嘴,撂下一句话:"我是去上班呢,又不是去打望,不用劳烦您监督哈!"

每次用餐,老王只盛一两不到的米饭,夹着桌上的素菜慢悠悠地吃食,旁边的我忍不住叫老王能不能多吃点儿,没想到老王轻轻咽下一口饭,然后笑容可掬地反问我:"你看我这身材,是不是也该减减肥、修修身啦?"饭后,教导员悄悄告诉我,老王两个月前已检查出胃癌晚期。

转眼,时令又轮回到冬日,山上遍地是黄叶。石阶两旁连排的古柏倒是本色不改,像一队披着深绿色军装的卫士仡仡地挺立着。山里的寒气顺着山道一溜溜地钻进派出所的值班大厅。

一位驼背而干瘦的老妇人在值班前台来回地踱着步子,腹前的双手卷着十个小指头,每秒钟都在不停地震颤。

"老王呢?"

"您找他有事吗?"

"他好久都没来看我了。"

"他调走了,以后我去看您。"

我明白老人的来意,禁不住对她说了谎。

注:2012年1月,我有幸在闻名全国的红色圣地歌乐山开始了自己的从警生涯。在歌乐山派出所工作的三年里,我又幸运地结识了老王。老王原名王才元,于2006年因视网膜色素变性而双目失明,曾获得2010年度感动重庆十大人物、2011年度全国优秀干警等光荣称号,于2012年冬因病逝世。

(原载"中国公安文学精选网"2015年8月10日)

坚不可摧的力量

刘　丽

在哈尔滨迷人的夏季，夜色初降的松花江畔，江水波光粼粼。一群年轻的警察带着朋友和家人，搭起帐篷、点燃篝火，几把吉他、大鼓、无数和声，激情荡漾的歌声、笑声，刚刚离开江水，不停地在厨师手里跳荡的雅马哈鱼。这生机勃勃、青春无限的画面，是黑龙江省七台河市公安局民警周广彤给我描述的他们休闲时的生活场景，很容易让人着迷。

在认识周广彤之前，我一直以为我很了解基层民警：大多数人被日复一日的烦琐工作和生活层层剥离，曾经的浪漫碎成一地，更多的时候，留给家人的只是一张疲惫的脸。但是，周广彤给了我一个扎扎实实的惊喜，这惊喜不仅仅来自于那些一直没有被生活的风沙湮灭的才情，还有深埋在警察内心的热爱和尊严。

周广彤是爆红网络歌曲《最帅的逆行》的曲作者，这首充满青春正能量的歌曲感动了无数网友，在短短二十多天的时间里，就创下了仅腾讯视频点播就高达一百二十多万次的奇迹，在警察题材的歌曲传播中刷新了最高历史纪录。

2015年8月12日，天津港发生惨烈爆炸。闻警而动，首批赶到现场扑救的消防战士壮烈牺牲，牵动了无数国人的心。当人们还沉浸在泪雨婆娑的悲痛中时，各种舆论一波又一波地演变成次生灾害，让牺牲战士的亲人和警察群体雪上加霜。全国公安文联领导敏锐地意识到，作为主管全国公安文化艺术建设的单位，有义务在这种关键时刻发出自己的声音，提振士气，纠正偏差，弘扬正气。在张策秘书长的总策划下，最终诞生了由中国公安文学精选网首登的河北衡水市公安局民警亦飞创作的诗歌作词、周广彤作曲的《最帅的逆行》。

微信里你是个萌娃/游戏里我是大侠/你抢了抢了许多红包/我多了多了多了一些外挂……爆炸在午夜的一刹那/绽放最残忍的烟花……刚子已经走了/我若是回不来/我爸就是你爸……当王思宇那淳朴的、带一点点怀旧情绪的嗓音唱出第一句时，我觉得自己的眼睛就已经被雾化了，之后一遍一遍地聆听，一次次地被打动。很多人说，这首歌很催泪，但是又让人感到希望、信任和力量，痛而不悲是它的灵魂所在。那些穿越痛楚的温暖直抵人心，化为向上的牵引力，带领歌者和听者以凤凰涅槃的壮烈情怀共同铸造灵魂的新生。

这首歌颠覆了传统公安歌曲慷慨激昂、庄重豪迈的表达，以一种真诚、朴实的词曲风格，运用纯熟的和声、情感浓烈的萨克斯变奏，渐进式描绘了消防战士作为一个平凡人，在生活中的点点滴滴。训练也累，上火场也烫，虽然穿上了警装，已经是军人，但是在爸爸的眼里，他们还是没长大的孩子，在他们自己的内心深处，依然童心未泯。尽管如此，在危难发生时，有一种力量让他们像钢铁侠一样瞬间勇猛威武，前赴后继，不顾一切奔向火场。

面对死亡的威胁，依然把军人和警察的责任和义务扛在肩上；放心不下血浓于水的亲情，毅然选择把父母托付给亲兄弟一样的战友，在祖国和人民最需要的时候，没有什么能动摇他们抢险救灾的决心和步伐。天灾不能、人祸不能、误解不能、曲解不能，流言蜚语更不能！这种坚不可摧的力量源自于消防战士对军人和警察职责的高度认同，对生养他们的这片土地的真诚热爱，对培养他们成长的党组织的深厚情感。这种力量源自于一个群体对职业荣誉集体无意识的捍卫，对社会公共安全义不容辞的担当，对家国情怀的强烈释放。这种力量早已经融入他们的血脉里，和呼吸一样维系着内心的信仰，那些发自肺腑的心声，没有做作，没有矫情，真实自然得就像自己的心跳！

这种力量无异于一种神圣庄严的集体承诺：在祖国需要的时候，在人民需要的时候，我会奉献一切，包括生命！正如李克强总理称赞的：他们都是英雄。是的，在灾难来临的时候，面对奔向安全的人们，他们始终是逆行的英雄！是这个时代的英雄！

这首歌曲一经放到网上，立刻引起了轰动，不仅感动了无数网友，更是引起了无数基层公安民警、消防战士和警察院校师生的共鸣，很多基层公安局和消防大队以及警察院校的官微转发了这首歌。歌曲的爆红，也算完成了一次小小的逆袭，它在人们心里引发的震荡，较好地集中释放了正能量，激励了士气，得到了社会层面上一定程度的认同和支持。

黑龙江和河北的相关电视台和媒体不约而同，分别采访了词曲作者，由此，我也才有机会深入了解到二百多万警察队伍中的特殊一群人：公安词曲作者。他们分散在基层一线公安系统，和普通民警一样承担着执勤、值班、出警、办案等繁重琐碎的日常警务工作。但是，和普通民警不一样的是，他们有着更为细腻的情感和对公安工作更为深刻敏锐的认知，有着更加浓郁的警察情怀和更强烈的情感表达诉求，他们对生活和工作有着更多层面的理解和更厚重的热爱，正是基于这些文化生长的养分的长期滋养，才能够厚积薄发、准确地捕捉到一线民警潜意识里那些能够产生共鸣的频率，成功领唱队伍建设主旋律。

　　抗战七十周年阅兵式刚刚圆满完成，中国军队的威仪再次把一个泱泱大国的底气和信心展示在全世界人民面前，世界再次读懂了：中国正在日益强大！然而，对于军人和警察群体而言，面对每一次重、特大事件，无疑都是另一种形式的阅兵式，向国人展示着我们的信仰、我们的忠诚、我们的荣誉和担当，考验着我们的意志、我们的智慧、我们的能力和素质。

　　事实再次证明，我们这支军警队伍，可以经得起任何风浪考验，是一支党和人民放心的队伍。

　　　　（原载"中国公安文学精选网"2015年9月14日）

小情大爱

张明雪

这是一件小而暖心的故事,只因它在岁月的变迁中沉淀了二十年,情缘相牵,历久弥香,无关风月,只道寻常。唯以文字记录,聊表纪念。

1995年,我十岁。那记忆中的暑假,高温酷暑远非今日可比,每日奶奶都会用家里的八人大铁锅煮满满的一锅绿豆汤,用来给我们避暑解渴。家里人口本不多,实则用小锅就着方便的煤气炉做一点儿便足够我们几个小孩子喝,而她每日定要用农村才常见的大铁锅煮,烧煤炭和木头,还要用一把大扇子在旁边吹风,流火七月天,每次都是汗流浃背。煮好绿豆汤后,她就用两个暖瓶盛好,亲自拎着送给楼下不远处十字路口站岗执勤的交警叔叔们。那时候奶奶六十多岁,身体康健,健步如飞,日日如此,从不间断。我每次都蹦蹦跳跳地跟在后面,在已被骄阳晒软的柏油马路上踩两脚,手里拿一支没吃几口就化成水的冰棍儿。时常看着岗台上的交警叔叔指挥交通,竟没有一个篷伞,在烈日下曝晒,陪伴他们的除了车水马龙,便是那一刻不停歇的蝉鸣交响乐。终于到了换岗休息时,奶奶就会将盛好的绿豆汤递上,叔叔拿起碗来将绿豆汤一饮而尽,大檐帽下的汗水势如雨下。警察叔叔们常常劝奶奶天气炎热无须操劳,而性格爽利的奶奶总是哈哈大笑着摆摆手,嘴中尽是如此小事何足挂齿的言辞,从未间断过爱心绿豆汤。日日年年,那两个红色牡丹花的铁皮暖瓶、盛绿豆汤的白瓷碗,还有奶奶手里扇风的黄色蒲扇,深深地印在我童年的记忆中,如今想起依然如同昨日一般。

故事到此本应归于平淡,二十年谈笑间从指缝中溜走,我已步入而立,从警亦五载有余,亲历过溢于言表的感谢,也背负过忍辱负重的指责,儿时的这段记忆从未刻意提起,却一直暗暗地支撑着自己从警的最初信念。冥冥天意,2015年我因岗位培训到市局进修,结识了一位同事并屡次受他帮忙照顾。一次闲话家常时他说起了某个年月某个地点一位老奶奶数年为交警烧茶的故事,多么令人惊奇,竟有如此巧遇,二十年前的警察叔叔现在竟成了同事兄长。他说随着时代的变迁和阅历的丰富,愣头小伙也学会了怀旧,这些年每次经过那个十字路口都会想起那段和战友摸爬滚打的岗楼岁月,更会想起烈日炎炎下那位老奶奶的身影,屡次托人打听,想凭借着模糊的印象找到当年的绿豆汤奶奶,和她拉拉家常,说说话,然而时代变迁,当年的岗台已被替换,周围亦是物换星移,他的心愿一直未了,懊恼当初未曾留下老人的姓名住址,至今不得音讯,时时想起不觉遗憾。谁料如今这般竟然与当年跟在奶奶身后的小丫头成了同袍并肩的战友,我二人不觉感慨,人人之间,缘来缘去,自有安排。

终于在一个夏日的午后,亦如二十年前一样,只是这次,是我领着同事敲开了奶奶的家门,那一瞬间,他们二人眼中都泛起了泪光。二十年风雨苍苍,当年意气风发不坠青云之志的小伙,如今已经走向成熟的蜕变人到中年；当年矍铄相视音声如钟的老人，如今已是满头华发步入耄耋之年。不变的是，仍然在我的见证下，他们喜悦重逢，虽然连彼此的姓名都不知道，但是只用一眼就认出彼此，如同相识多年，毫不生分。他们的手紧紧地握在一起，争相诉说着二十年未曾割舍的情谊。同事说二十年前的这份真心拥戴，只因年轻当下未曾领会深意，随着年岁渐长阅历渐深方受鞭策，时时提醒自己以此情度人常怀利民之志。奶奶说二十年前她自愿夏日送汤，真心觉得警察辛劳，不求回报，未曾想二十年后还能得以挂怀，并在孙女身上得以善报，获得同事的关心帮助，这正是应验了积德行善的因果轮回。言谈间，奶奶不忘问起其他几位队员如今的情形，这一群带着青春誓愿的伙伴们，有的在交警岗位工作至今，有的已踏入更高平台，也有的因公殉职英年早逝，这二十年，他们将自己最好的年华毫无保留地奉献给了这座城市，奉献给了心中无限高尚的公安事业。

这个小故事至此结束。没有波澜起伏，只有机缘巧妙的编排；没有壮志宏愿，只有甘之如饴的付出。细微处的情谊才是真情，平凡的感动方才动人。今天，我们被太多的警民怨怼包围，群众怒道司法不公，警察有苦难言，陷入了执法与服务的两难之境。如此境况下，我们何不回头想想，二十年前，这段和谐警民的小缩影？你辛勤奉献守土有责，我鱼水情深视你如亲，警民如是，何患不平？

谨以此小文向每一位支持公安工作的人致以最高的敬意。

（原载"中国公安文学精选网"2015年12月18日）

一位好交警感动一座城市

杜跃清

如果没有这场突来的意外,这周,徐鉴华和妻子已经在厦门看望远嫁的女儿了。因为女儿怀孕了,再等几个月,徐鉴华就可以听到孙辈的第一声啼哭,可以亲手抱一抱可爱的孩子了。然而,他却没能等到。8月8日,他生前的同事、领导、亲友以及群众数千人挥泪送别了他。

他因公殉职,热血铸警魂。8月5日18时40分左右,徐鉴华在慈溪市区景观大道与前应路路口,参加浒山街道组织的联合治理工程车超载行动。当他与参战人员设置好安全港湾式卡点后,发现一辆涉嫌超载的工程车驶来,他立即示意司机停车检查,但该车司机为逃避处罚,拒绝检查,强行冲卡,将正在执勤的徐鉴华撞倒在地,碾压后仓皇逃窜。同事立刻上前查看他的伤情,只见他下肢血流如注，立刻拨打了 120。他注视着同事吃力地说：我的腿，我的腿，并将目光移向逃窜的工程车，随即昏迷。同事明白他的意思，他的腿不能去追了，希望他们把车追截，以免再次造成交通事故。同事立即驾车追赶，在二百多米外和两名私家车司机一起将工程车拦截。经检测，该车核载 12.3 吨，实际装载了 46 吨石头。而徐鉴华被送往市人民医院经全力抢救无效，于当晚 20 时 36 分因公牺牲。此前，他和女儿约定，这个周末去厦门看她，还预订了 8 月 9 日的机票。如今，他永远失约了。

徐鉴华，男，1962 年 7 月 15 日出生，1983 年 8 月毕业于浙江省人民警察学校，同年参加公安工作，1989 年 7 月 1 日加入中国共产党。生前是慈溪市公安局交警大队城区中队民警。

该同志从警 32 年来，先后在基层派出所、巡特警大队、交警大队等岗位工作，历任巡特警大队综合室副主任、主任，长河派出所指导员，交警大队横河中队指导员等职。曾屡次受个人嘉奖，多次荣获年度优秀公务员称号。8 月 7 日，中共慈溪市委追授徐鉴华同志为慈溪市优秀共产党员称号。

他心系群众，平凡而高尚。他始终扎根基层，牢记光荣使命，把群众利益看得高于一切，只要对群众有利的事，从不计较个人得失。2001 年年底，辖区内发生一起摩托车事故。徐鉴华赶到现场后，发现车上的两人均不同程度受伤，便执意劝他们去医院检查。两人嫌麻烦，怎么劝都不肯去，还说徐鉴华多管闲事。但徐鉴华好说歹说，终于将两人送往医院。到医院后一检查，大家吓了一大跳，其中一人竟然已经颅内出血。医生说，幸好救治及时，不然后果不堪设想。

2013 年 7 月，他带领一协警在市区国道线巡逻，经过柴弄桥时，发现一起行人与轿车相撞的事故。当时围观群众很多，他俩扒开人群进入事故现场时发现，机动车道上躺着一位老太太和一位六七岁的小女孩。老太太已受伤昏迷，小女孩还有意识，但是说不出话来。

他赶紧拨打了 120，但因救护车运力紧缺，一时间调不出来，眼看老人伤势严重，徐鉴华当即决定送两人去医院。最终小女孩活了下来，老人因伤势过重不幸去世。医生说，如果再耽误一点点时间，连小女孩也活不下来。

徐鉴华牺牲后，有群众在华人世界最真情温馨的大型公益平台"纷纷雨"上为他注册了网上纪念馆。来慈打工的四川人蒋师傅特地赶到城区中队，在亮相台前，望着徐鉴华的照片，含泪回忆自己几年前骑摩托车不戴头盔被徐鉴华认真又和气地教育的事，称他是最亲和的交警。徐鉴华出殡的那天，数千群众挥泪送别。家住市区金山的何师傅刚从外地出差回来，他怕赶不上时间送别，特地打车到东门岗，送徐鉴华最后一程。

他爱岗敬业，业务能力强。他对工作兢兢业业、不辞辛劳，特别是调入交警大队城区中队从事事故接处警的近十年里，始终奋斗在事故接处警第一线，严于律己、身体力行，舍小家为大家，乐于为同事分担工作，同时给群众最大的方便。2008年那场大雪给道路交通带来了很大安全隐患，积雪的日子里交通事故多发，给事故接处警民警增加了工作量，也延长了事故当事人在寒冷中的等待时间。有一天，他勘查完现场已经超过晚上下班15分钟，他妻子来电告知菜已烧好，如快到家了就烧汤了。他说快回家了。过了半个多小时，他妻子又来电称汤凉了。他又说快到家了。说完，他再次投入到忙碌的工作中，直到19时半才回家。

他认真钻研交警业务，严格执行事故接处警规范，努力提高执法水平和服务质量，着力塑造交通民警的良好形象。仅过去一年，经他处理的交通事故就有3000多起，快速处理事故1213起。

他凭着过硬的业务技能和职业敏感性，识破事故假现场骗取保险案件4起。2010年5月，市区南门大街发生了一起单方事故，一辆路虎车撞到了路旁隔离栏，反光镜、车身等多处损坏。徐鉴华接到指令抵达现场后，车主滔滔不绝向他解释是如何撞上隔离栏的，希望他赶紧作出事故鉴定报告。

可他觉得车辆反光镜处的刮擦痕迹的高度与隔离栏高度不符，存在疑点，于是仔细地勘查起现场，并查找附近的视频监控。车主的神情顿时变了。

　　监控显示，路虎车是由附近一处地下车库驶出的。徐鉴华在车库一处墙体上发现有明显的刮擦痕迹，且高度也与路虎车车身痕迹吻合。这时车主才承认后来撞击隔离栏是想骗保。

　　他关心同事，真情暖人心。他无论对同事还是对别人都是真诚相待，乐于为同事做好事、办实事，同事之间从没有发生过无原则的纠纷。他总让同事先吃饭，说自己晚一些没关系，常常饿着肚子跑出去处警。他说他年纪大，是大哥，理应多承担一些。当他得知一青年民警调入后没有宿舍时，主动让出了宿舍，午间就在办公室里休息一会儿。

　　为了不增加同事的负担，每到节假日和重大活动安保期间，徐鉴华总是与年轻人一样抢着干工作。这几年给杨梅节做安保工作，他都是带着保心丸上岗的。53岁的人了，从早晨5点到下午4点，还主动要求到最繁忙的余慈连接线执勤，除了中午蹲在路边，拌着灰尘吃点儿盒饭，一站就是10个小时，碰上双休日，上岗更早，下岗更晚，等杨梅旺季结束，人也褪了一层皮。

　　去年清明节，徐鉴华与两个年轻协警同组，凌晨4点多开始在离岗亭很远的匡堰道口执勤，站到中午12点多，太阳逼人，大家都渴得不行，但只有两瓶水了，徐鉴华说，他年纪大了，耐渴，把两瓶水让给了两位同事。

　　今年3月协警杨冬冬的母亲查出患有癌症，需要大笔治疗费。其妻子又有三个月身孕，很难照顾婆婆。无奈之下，他只得去向领导请假以便照顾母亲，当时徐鉴华正好在场。次日，他打听到杨冬冬母亲医治的医院，拿了10000元钱交给杨冬冬母亲。打水回来的杨冬冬看到了徐鉴华，一开始他以为这钱是组织上援助的，后来从同事口中得知，这是徐鉴华自己的钱。之后徐鉴华又为杨冬冬母亲治病筹得捐款近8万元。其实，徐鉴华的家中也并不宽裕，妻子下岗在家，身体也不好，家里全靠他一人支撑。这么多年来，他家一直住在拥挤逼仄的老式小区里，他用的是一款三四百元的老式手机，平时只抽点儿最普通的烟。

徐鉴华用自己的身躯和鲜血履行着交警的神圣职责，他是新时期公安民警的优秀代表，是践行社会主义核心价值观和公安精神的杰出典范。

（原载"中国公安文学精选网"2015年8月20日）

月亮之上

吴东林

"我在仰望,月亮之上,有多少梦想在自由的飞翔……"这首《月亮之上》,是我最爱听的一首歌,因为喜欢这美的旋律,才把它设为我的手机铃音。

要说这喜欢与不喜欢也是相辅相成的。喜欢听《月亮之上》这首歌,并不等于喜欢接这恼人的电话,特别是半夜来电。

那时,作为一个公安局局长,半夜来电一般会有这么四种情况:一是有严重的暴力案件,二是看守所有重大异常情况,三是有重大群体性事件的异动苗头,四是队伍出现重大的问题。对于我来说,还要再加上一件事,那就是父亲的身体出现了严重问题。所以,我总觉得自己有一种手机恐惧症。有时候就想,如果能把手机关上一个礼拜,那该是一件多么幸福的事情啊!于是,最爱变成了最恐惧,最美的东西也变成了最令人纠结的魔咒。

记得那是2012年的早春,刚刚下过一场春雪,在一个周六的凌晨四点,我的甜梦被"月亮之上"惊醒了。我拿过手机一看,是弟弟来的电话,心里就咯噔一下,赶紧接听。不出所料,弟弟说老父亲心脏病犯了,他从县城去乡下刚把父亲拉到了县医院。听了这话,我赶紧叫醒爱人,抓紧洗漱,开车往老家的县城赶。

早春的夜是很冷的,特别是又刚刚下了一场春雪。月亮挂在西天上,尽管明亮,但是有月亮的夜毕竟也是夜。好在这个时间公路上的车辆少了很多。

我工作的地方离老家大概有35公里的样子,白天开车要半个多小时,晚上开车,又没叫司机,就相对的慢了一些。路上的枯树在寒风中来回摆动着,路旁的道沟边上还留有些许的残雪,风打着飞驰的车吱吱作响,我惦记着老父亲现在的病情。

在基层当个警察,是非常辛苦的。不要说平常忙忙碌碌,就是节假日能够正常休息的机会也是少之又少。特别是我们这些在外地工作的人,回家看看老人的时间就更少了。

当我们赶到医院,父亲正在病床上输着液,母亲在床尾坐着打盹儿,弟弟在看着嘀嗒的液体。

父亲看到我进了屋子,高兴的心情溢于言表:

"来这么早,黑更半夜的,开车多不安全呀,我又没什么大事!"

我一看父亲蜡黄的脸,就知道事情不会太小。我知道,父亲虽然嘴上说不让我早来,其实他心里愿意我来得更早。不论多大的事,只要是我坐在他的身旁,他就会觉得很踏实。

听到我过来了,母亲醒了,急着对我说,从半夜两点,父亲就胸闷、出汗,大口地喘气。硝酸甘油片几分钟就含一片,连续含了11片,弄的直干哕。我说给孩子打电话吧,他说,大半夜的,等到天明吧。等了一会儿,我看实在不行,就给你弟弟打了电话。

听到这里,我又是心疼又是着急,埋怨父亲,你以后可不要这样，有病早治，越拖越危险。治得早了，好得快。治得晚了，说不定就有生命危险。父亲尴尬地笑着没有吭声。

父亲这边输着液，我就到了医办室，问了一下我父亲的病情。医生说，他有好几种老年性疾病，这一次是突发心绞痛。经化验他还有糖尿病，他原来不知道有这种病。这一段时间他吃甜的东西特别多，所以加重了病情。这一次他发病，有可能是糖尿病带来的并发症。不过还好，住院半个月，应该差不多。

听了大夫的话，我心里踏实了不少。于是我走到一楼的小卖部，买了几个马扎，还买了一些生活用品，拿了上去。

再走到病房，父亲和母亲都睡着了，估计一晚上折腾得累了也困了。我一来，他们也安心了。看着他们睡着的样子，听着他们呼呼的鼾声，我心里不由得一阵酸楚。老话说，父母在，不远游。可是，工作在，无奈何呀！

瓶子里的液体缓慢地滴着，手表上的指针嗒嗒地走着，我跟弟弟小声说着话。他跟我说着来了后都做了哪些检查。我嘱咐着他，以后要经常问问家里的情况，两个老人都七十多岁了，身体说不准有什么事情。我们俩说着，窗外也慢慢亮了起来。

到了八点多，弟媳给父亲送来了小米粥和炒的青菜。父亲醒了，我给他洗了洗手，让他吃饭。父亲说，反正现在没什么事了，在医院还要住些日子，你的事忙，有事你就回去吧。我说，今天是周末，估计没有什么大事，我不回去，你安心治病就行。听了这话父亲挺高兴。可是，就是这么不巧，我的话音刚落，"月亮之上"的音乐又响起来了。

我一看手机是局指挥中心的电话，就赶紧走出病房，走到电梯口的窗子旁，接听了电话。原来就在这一早晨的七点左右，一位企业的老板在遛弯儿的时候被绑架了，目前下落不明。

我脚步沉重地走回病房，父亲正吃着饭，我满怀歉意地对父亲说，我还得走，有案子了。父亲说，去吧去吧，知道你们这工作没什么准头儿，别惦记我！

我只能把爱人留下，和弟弟一块儿照顾父亲，自己又不无遗憾地开车踏上了回去的路程。

我开车直接到了刑侦队,同志们正在紧张地分析案情。我仔细地听了他们的汇报。

这个被绑架的老板,有一定的经济实力,他有一个习惯,就是每天早晨出去遛弯儿。大家分析,这伙绑匪有可能是曾经在企业打工的熟人,了解他的经济状况,也摸清了他的起居规律。

然而这个时候,绑匪打来电话,索要赎金100万。听到这个消息,被绑架人的家属情绪极不稳定,要赶紧准备现金去交给绑匪。我们的民警耐心地给她解释,如果是熟人作案,他可能认识作案人,一旦把赎金给了绑匪,撕票的可能性是非常大的,要她一定配合我们的工作。

整整一个上午,我们一直在和绑匪周旋。我们的民警扮成出租车司机,拉着受害人的家属去和绑匪交涉。谁知狡猾的绑匪不断变换交接地点,甚至跑到了山东地界,结果还是没有见到绑匪的身影。

在这一组民警和绑匪周旋的时候,我们的另一组人马也在动用一切技术手段定位绑匪的行踪。他们假扮成检查卫生的防疫站人员,接近盲查目标,经过进一步排查,最终锁定了准确的地点。

当我带领民警赶到目的地的时候,已经是晚上七点多了。

这是一个离县城有近二十几里路的农村,测定囚禁绑架人的地点是一个有高大院墙的民居。我们荷枪实弹,围住房子,先让一个民警翻墙而入,打开铁门,大家一拥而入冲进了大院。在东厢房外,正准备逃跑的两个绑匪,面对黑洞洞的枪口,束手就擒。我冲到里屋,看到床上坐着的被绑架者,手脚被捆着,头上蒙着一个白布套,便迅速帮他扯下。他看到我们是来解救他的,一下跪倒在地上。

等我们处理好现场,都已经是晚上八点多了。接下来的审讯工作还在等待着我们的民警,对于他们来说,这又将是一个不眠之夜。看着东天的月亮已经高高升起,我这才感到了一点儿饥饿,一丝疲惫。

"我在仰望,月亮之上,有多少梦想在自由的飞翔……"在我正要登车回赶的时候,电话铃又响了。这是弟弟给我报平安的电话,说输了一天的液,父亲好多了,晚上吃的也不少。听了这个电话,我的心情轻松了许多。

望着这皎洁的月亮,我也在想,在月亮之上有我们的梦想,我的自由飞翔的梦是什么呢?往小处说,是父母需要我们的时候,我们能够及时地出现在他们的身边;往大处说,是通过我们的努力工作,给我的父老乡亲们一个安宁祥和的环境,让他们幸福地生活,快乐地歌唱!

(原载"中国公安文学精选网"2015年10月27日)

橘红色的暖

刘美兰

2014年初夏的某一天,《楚天都市报》在封面推出整版彩色照片,引起了社会各界和群众的高度关注。安陆市有四位消防队员在营救一位民工时,四面堆土突然坍塌后集体被埋压。照片呈现的正是人们用手刨开土堆后,身着橘红色消防服的四位消防队员,在牺牲后仍保持着推开、托举、大喊、奋力向上的救援姿态的定格。

那一天,橘红色给了这个世界最心痛的暖色浸润。

平凡的日子一天天地过着,可这个世界总有令人不安的事情在发生,地震了、海啸了、楼塌了、起火了……当灾难发生后事态处于冰点时,你和我一样,都是那么急切地盼望消防队员紧急救援;直到橘红色的身影出现时,那颗悬着的心才会慢慢地放下来。

"兄弟，快拉住我的手。"这是位于上海某住宅楼 13 层的火灾现场，汹涌的气浪眼看要将一名消防队员推出窗外，他的战场兄弟奋力相救，却不幸双双坠亡。从截取于家住盛华景苑小区 W 先生事发时拍下的视频画面上看，两名消防队员在急速下坠的过程中仍始终紧紧抓住对方的衣服，在空中保持着救援战斗的姿势。两个飞跃而下的年轻消防队员让全国的电视观众再一次地扼腕叹息。

由于伤势严重，两名消防队员在送医途中不治身亡。这次火灾中，由于消防队员的及时驰援，没有居民受伤。

牺牲在火灾救援现场的两名消防队员，是 1991 年出生的钱凌云和 1994 年出生的刘杰，两人都是上海人，同为 2012 年 12 月入伍的上等兵警衔。

消防队员的频繁牺牲让我们的心如针锥般疼痛，但却又似乎有钻透冰冷顽石的橘红色的温暖意象在坚强地生长。

在汶川大地震中，发生过这样一个故事。

2008 年 5 月 15 日。南京消防支队某救援队于凌晨 1 点 20 分到达四川北部城市绵阳。停留时，他们接到前往北川执行任务的通知。那里，是此次大地震受灾最严重的县之一。

道路损坏严重，消防队员们只得徒步进入北川县城。五公里的山路他们足足走了三个小时。他们来到一个收费站，这儿就是北川县城的入口，小县城满眼都是瓦砾。

就在这时，一位当地老乡冲过来大喊："那儿有个幼儿园倒了，里面还有活着的孩子！"

指挥员决定带领消防队员们立即前往救援。那位当地老乡带路抄近道直奔现场。途经一水库时，救援队员刚走上堤坝，就听到有人喊："停下，退回去！"顺着声音看过去，几个同样身着救援服的人在远处挥手："水库堤坝有裂缝，危险！"

带路的老乡紧紧抓住指挥员的手："不能退回去呵，救救我们的娃，救救我们的娃啊！"

"救孩子要紧！"沉思片刻，指挥员决定涉险通过。消防队员们小心翼翼地从堤坝上走过,并幸运地安全走过余下的路程。

幼儿园所在处已是大片废墟,三幢楼房呈三个角度严重倾斜,但都危险地指向幼儿园所在的地点。

消防队员们走近时发现有几个孩子还活着,他们躺在瓦砾下面,都是五六岁的孩子,有的被压住了胳膊,有的被压住了腿。一个半躺着的大眼睛女孩还能说话,她在哭喊:"爸爸,怎么还不来救我?"

一位年轻的消防战士轻手轻脚走上前,扶着她的头说:"孩子,不要哭,你们马上就能出来了。"女孩停止啼哭,其他孩子也都停止挣扎,眼巴巴地看着忙碌着的身着橘红色消防服的叔叔们。

事不宜迟,消防队员们立即用手动破拆器开始切割,并用手掏石块,避免孩子们因为救援而再次受伤。救援进行时,发生了三次余震,最后一次余震时,倾斜楼房上还在掉下砖块,但没有一个消防队员停止手头的工作,现场只有破拆器的轰鸣声。

"好,好,轻一点,慢一点!"第一个孩子被消防战士小心地托了出来,是个女孩。看着她身体完好地离开地面后,消防队员们泪流满面。紧接着,两个女孩、一个男孩,一个半小时内陆续又有三个孩子被救出。当孩子们被送往医疗点时,在现场参加救援的消防队员和群众爆发出胜利的掌声。

所有的人都忘记了危险,直到有人喊:"快撤!"就在最后一名消防队员撤离现场后,余震发生了,在"轰隆隆"的声音中,所有的一切被夷为平地。

多么惊心动魄的救援。我相信,当这些被救出的孩子长大成人后,他们不一定知道这些年轻叔叔的名字,但他们一定忘不了,是这一片橘红色的身影给了他们生的希望。

消防队员,和平年代里最可爱的人,在生死考验中,他们毫不犹豫地赴汤蹈火,甚至于献出最宝贵的生命。

橘红色的暖,汇成片片祥云,如凤凰在火中涅槃!

(原载"中国公安文学精选网"2015年10月30日)

朝阳般绚烂的生命

黄 敏

杀人啦!

随着一声瘆人的喊叫,菜市场门口哗啦一下子涌出许多人,如同宣泄的洪水,让章雷猝不及防。

人们惊慌失措地夺路而逃,章雷却一股劲儿地想要挤进去。人流潮水般涌出,一位大娘被挤倒在地,章雷赶紧上前将其扶起。大娘紧紧拉住他的手说,孩子,别进去了,进去也是送死啊。那个坏蛋已经杀红眼了,你一个人不行啊,太危险了,还是等你的同伴到了再进去吧。

他搀住大娘送到大门外,丢下一句:我是警察,我不能不管!转身继续向里拼命地挤去。

这是一个很普通的夏季的清晨。

解放南路菜市场人头攒动。市场门口坐着两

排蒙着褐色面纱的维吾尔族妇女，面前摆着自制的酸奶，酸奶上结着一层厚厚的乳黄色奶皮。市场中心堆放着翠绿的黄瓜、大红的西红柿、橘红色的胡萝卜等各色菜蔬，如同刚被掀起盖头来的姑娘般鲜嫩艳丽，诱惑着人们的眼睛，靠西边一排羊只被剥了皮悬吊在铁钩子上，新鲜的血腥气息鼓荡着人的各种欲望。

一位大嫂在羊肉前驻足，端详了一会儿，最后说：买两斤羊肉。

肉贩土拉洪熟练地割下一块，撂到秤上，然后将肉甩给大嫂。土拉洪蓝色眼珠上布满红色的血丝，一晚无眠的他赌博输得精光，刚喝了一瓶伊犁特，这阵酒劲儿直往上翻腾。

大嫂只顾低头看羊肉，如果她抬眼看看这眼珠冒出的凶光，说不定今天的悲剧就不会发生。

她把肉翻了个个儿看看说，这块肉太肥了，能不能把肥的去掉一点儿？

土拉洪恶狠狠地嗯了一声，那双深陷在浓眉下本来就不小的眼睛，此时瞪得比牛铃铛还要大：要也要要！不要也要要！大嫂这会儿才看清了这眼珠子的内容，畏惧地说，我不要了。低头赶紧离开。

什么！说不要就不要了？我割下来了给谁?！土拉洪持刀逼了上来。大嫂恐惧得连说，我不要了，我不要了！说完转身就跑。

土拉洪大早上第一笔生意做不成了，这输光的钱怎么办？他一怒之下赶上前去，不由分说一刀捅进大嫂后背，大嫂立即倒在血泊中。

旁边一个老大爷大吃一惊，厉声质问：你怎么可以随便杀人呢？

土拉洪瞪着眼睛说，我杀的就是你们！说着就冲上前去刺中老大爷胸部，周围的人群尖叫着四处逃散，杀红了眼的土拉洪见人就捅，连续又有六个人倒在血泊中。

血花四贱，已经失去理智的土拉洪挥舞着刀追赶着逃跑的人群，见到迎面而来的章雷愣了一下，然后狞笑着说，哈哈，来了一个警察，来送死吗？说着挥刀就朝章雷刺来。手无寸铁的章雷毫无准备，可是此刻已毫无退路，他用手中的对讲机和土拉洪搏斗起来。

穷凶极恶的土拉洪持刀连续刺中他的左胸锁骨、胸部，鲜血渗透了他的警服，他仍然紧紧抓住罪犯不放。等战友们赶来铐住土拉洪后，他才松开手轰然倒下。此时，他身上已经被刺中了六刀，血流入注。

120凄厉地呼叫着急速把他送往医院，战友们眼睁睁地看着他在去医院的路上流尽了最后一滴血，21岁的章雷，轻轻地吐出了最后一口气。

这是几年前发生在这个边陲古城里的一起恶性刑事案件。

去年夏季的一个清晨，我走进了这个菜市场，在菜市场里追寻着章雷的身影，听朋友给我说着章雷的故事。

章雷牺牲前，离转正还差两个月。十个月前他从新疆生产建设兵团公安司法学校毕业，被分配到喀什市公安局巡警大队工作。看着其他同学去当刑警，他满心的羡慕。自己整天别个对讲机，满世界溜达，不是抓小偷就是逮小摸，和站在马路上灌废气的交警一个等级，全是"马路天使"。但他再想想还是很满足的，还有两个月就可以转正了，再往后存钱买套小房子把爸爸妈妈接来，他就可以天天和他们在一起了，他是独生子女，得给父母养老。

他牺牲的那天早晨，刚从邮局把给妈妈买的药寄回去。

接到噩耗的母亲怎么样也不相信儿子就这样离她而去，"儿子！"一声凄惨的哭喊震撼了所有人的心，母亲昏倒在独生儿子的身上。

苏醒过来的母亲不再号啕，流着眼泪轻轻地解开儿子的警服，颤颤巍巍地抚摸着那一个个创口，轻声问，雷儿，你疼吗？一定很疼的。我让医生给你缝上，过几天就会长好了，就不疼了啊。你还记得小的时候，你得病发烧，妈妈就这样守在你的身边吗？今儿你长大了，可还没有把媳妇给妈找回家呢，你怎么就可以离开我呢……

在场的战友们无不痛哭失声，齐刷刷地跪倒在母亲跟前，哭喊着：妈！我们都是您的儿子！

　　肃穆的追悼会上，章雷穿着整洁的警服静静地躺着，流干了鲜血的皮肤近乎透明的白皙，一面鲜红的国旗覆盖着他的身躯。

　　母亲默默地流着永远也流不完的眼泪，坐在儿子身边，紧紧地抓着他的手，目不转睛地注视着儿子，生怕儿子再次离她而去。

　　门外，卖冰棍的王阿姨来了，她有儿子却被媳妇赶出家门，是章雷在照顾她的生活；小穆兵牵着爸爸的手来了，是章雷哥哥找回了离家出走的他；双目失明的阿力昆大叔拄着拐棍来了，他迷路是章雷叫出租车送他回了家；安拜儿大婶也来了，每天她的凉粉摊子都是章雷帮她收拾好又帮她推车回家的，可是从来也不肯吃她一碗凉粉……

　　章雷上路了。

　　战友们陪着他再次踏上他日常巡逻的路段，寂静地穿越过这些曾经留下他无数足迹的大街小巷。

　　街道两边的白杨树依旧笔直挺拔，街心的月季花依然艳丽多姿，恢复了平静的菜市场秩序井然……只是今天，和鸟儿一起醒来的这个清晨，街道两边站满了黑压压的人群，他们胸戴白花，眼含热泪，举着自制的挽幛：章雷，你是人民的好儿子！章雷，一路走好！章雷，你是好样的！……

　　母亲再次泪如雨下。她泣不成声地说，儿子，妈妈的好儿子，你看到了吗？你听到了吗？妈妈为你自豪和骄傲！

　　我听朋友述说着，眼泪潸然而下。

　　在这个清晨，菜市场人流川息，和平安详，初升的阳光映照着每一个清新鲜活的面容。新的一天美好的生活又开始了。

　　天边一丝血红的朝霞在我眼帘轻轻滑落，霞光中，年轻的章雷正对我微笑。

（原载"中国公安文学精选网"2015年11月19日）

民警的家是肩上的星

陈丙现

  春去春回，数不清多少岁月里，回家常常披一身浓浓夜色，双肩落满灿灿的星光。多少次，夜半与家告别，带着爱人的声声叮嘱，带着柔和灯光投下的眷恋，又在星光深沉地注视下，匆匆赶赴使命的召唤。每次扑进家门又转瞬相别，心中时常涌起太多感慨。是简单，是复杂，是百种遐想还是千般难舍，语言形容总觉那么苍白。

  每个人都拥有一个家，生活又平等地赋予每个人追求幸福的权利。不管身居高位，还是何等的平凡。家是亲情的凝聚，是爱唯一的温巢，是疲惫之后的陶醉，是幸福深深又无尽的牵挂与呼唤。

  季节有冷暖，日子有朝夕。我的家，给予我的是太多的理解，我给予家的却是太多的等待。

作为一名光荣的人民警察,头顶银光闪闪的警徽,那是一种神圣和庄严,更是一种使命和责任。人生让我选择了这个职业,我就要以社会为大舞台,以人民安危为天职,为大多数人幸福而牺牲个人幸福。有些情景总难以忘记:数九寒天,当爱人把热腾腾的饭菜端上桌,我们拿起筷子即将进餐的那一刻,突然电话响起,警情就是命令,让我放下筷子风一般而去。除夕之夜,正是万家团圆温馨弥漫的时刻,而我却在值班室独守,或奔波在飘飘寒雪里。多少个节假日与亲朋好友团聚,却因一次次紧急出警而骤然挥别。离开餐桌的无奈、值班的孤独、节日里奔波、离开亲朋的尴尬……当爱人和孩子渴求我爱的亲抚时,当父母和兄弟姐妹急唤我身影时,我却一次次据守在任务中无法分身。

烛光虽小,能照亮黑暗;寸钉虽短,却宁折不弯。多少人只见警察众人前一副威风模样,可有谁知晓警察一次次与凶顽激搏、一次次扑向刀剑和枪口;又有多少人看见警察蹲点守候时忍受饥寒、连续几天几夜夜不能寐,甚至当体力透支、身患病疾的情形下仍不顾疲劳顽强坚守。记得那是冬季一个寒冷异常的夜晚,我刚刚完成一次抓捕任务回来,由于在车里埋伏无法取暖,患了重感冒,回家就发起高烧。入夜当我正准备去医院时,领导突然打来电话,说辖区里突发案情,要求迅速出警搜捕罪犯。案情就是命令,我没有迟疑,打起精神马上赶往现场。屋漏偏逢连夜雨,半夜时分,我突然接到电话,说母亲突患重病让我马上回去送往医院。我拿着电话的手在微颤,我正在两人一组的堵卡位置上,怎么能回去?一边是病情,一边是案情,两头都重如千斤。我只得如实说,在执行特殊任务实在无法离开,让他们叫救护车先送医院,等任务结束我再看望母亲。

我身上发生的个人与家庭故事,其实在许多同人身上不止一次地发生过。因为警察就是特殊的人,当家庭和事业发生冲突时,家庭就要无条件为事业让路,小家就应为"大家"做出牺牲。我虽然对家和亲人常常爱莫能助,太多的愧疚也时常敲打我的心灵;虽然几天不回家有过焦灼、有过惦念、有过委屈,甚至也有过暗自潸然泪下，但当每次完成任务带着胜利笑容归来，当出警化解危难带着快慰而回，才会真正体会到自己的付出是那么值得，也倍觉这比在家中得到的幸福还要可贵。

我有情感，也懂浪漫。夜深人静时我喜欢仰望夜空，每次凝望都会感觉到星光在诠释着情感，星光在给予着无限慰藉。在我眼眸中，繁星缀成的夜空，就像共和国灿烂无比的大家庭，而每一个小家就像一颗颗星镶嵌在浩瀚的星空里。无数个小家汇聚成社会大家庭这一片繁星。而警察肩上的星，一边是自己的小家，一边是共和国的大家。既然扛起了星，就意味着要有责任、奉献和义务。因为每个家庭都存在于社会大家庭之中，没有大家庭的安宁，哪有小家庭的温馨？而警察队伍因为对祖国的忠诚、因为对职责的坚守、因为这样或那样理性和冷静的付出，才赢得越来越多的小家的理解和尊敬。

有人说警察是铁血男儿，是永远不会倒下的硬汉；有人说警察最不讲情面，是铁石心肠。是的，作为身处维护保卫平安第一线的公安民警，面对凶顽，我绝不会退缩半步；面对罪恶，绝不会有丝毫的悲心。为了肩上扛起的星，无论何时何地，面对邪恶和死神我都会义无反顾地冲上去；面对危难和无助我会毫不犹豫地挺身而出。

世上最珍贵的东西不是物质，而是一种精神。日日夜夜的紧张、忙碌、奔波，我从不会说疲惫；艰难、困苦、超劳，我从不会在意；危险、流血、献身，我从不会犹豫。确保社会和谐稳定，确保每个家庭安宁，需要我忠诚履行为人民服务的崇高职责，需要我始终如一地恪守无私奉献的精神。"不是一番寒彻骨，怎得梅花扑鼻香。"当看见一面面鲜艳的锦旗，上面虽没有我的名字，但我仍感觉那是奖给我的一种金质殊荣。当看见一张张笑脸向我投来感激的目光，我仿佛得到了胜过一切物质的回报。当听见一声声对警察的赞誉，我的心就像沉浸在温暖的春风里。一个人，只有实现了他的人生价值，他的精神世界才是最丰富的。当把奉献当作荣耀，当把幸福作为付出，即使平凡也会拥有无怨无悔的人生。

家庭和事业，有时就像音节里的两个音符，家的音符时刻要唱和事业的音符。作为警察，在社会大家庭里赢得幸福，就仿佛从家庭得到的幸福扩大了百倍。每个人都心有一个家，可我心装一个家又心装一片天。为了那颗星明亮美丽，为了那片星闪烁辉煌，我愿肩尽风雨，永远奔波在星光里，愿更多星光闪耀苍穹……

（原载"中国公安文学精选网"2015年7月24日）

四十岁的生日礼物

刘屹东

一天清晨,妻子突然给我打来电话,神秘兮兮地对我说:"今天你要什么礼物?我送给你。"

"礼物?什么礼物?太阳打西边出来了?亲爱的老婆大人要送我礼物?"我十分诧异。当时我正在歌罗山上的一家酒店执行一个有点儿卧底性质的任务。我上身穿着花格子T恤,下身穿一条短裤,十分休闲花哨的打扮。同去的八零后警察小妹见我这身打扮还开玩笑道:"刘老师,你这身打扮起码年轻了二十岁⋯⋯"她的话让我猛然想起:老天!今天是我的生日啊——

翻开身上所有能够证明自己身份的证件,诸如身份证、警察证,上面清楚地注明了,四十年前的今天,一个平凡的生命呱呱坠地。但我一直这样认为,平凡不等于平庸,想起那些先我而去没能活到四十岁的战友、同事、熟人,我觉得自己十分幸运,父母赐予我的宝贵的生命还在我的身体里面,我分明感受到了它的巨大搏动。对每个生命个体而言——这就是一种伟大。

我赶紧跑到角落里悄悄对老婆说:"像我这样歪瓜裂枣的四十岁老男人,不玩儿小男生的调调儿了,物质上的礼物已经不需要了,要说你给我最好的生日礼物,就是给我一个好心情了!我在工作,现在不要打扰我!"

电话那头的妻子嗔道:"讨厌,为你好还不讨好!"啪的一声她挂断了电话。我听出了她在电话里头的佯怒,我知道今晚她定会为我准备一桌丰盛的生日晚宴的。我一直这样认为,一个男人,活得越久,他所承载的家庭责任与社会责任就会越多,当他出生时,他只是父母的儿子;当他结婚了,又多了一个身份,就是妻子的丈夫;当自己的孩子出生时,他又成了孩子的父亲;而当他工作了,身份可能就更多了。我想,当我七老八十之时,我如果抱了孙子,我又多了一个身份,那就是孙子的爷爷!其实,多一个身份就多一份责任,也多了一份牵挂,我还记得我三十六岁那年过生日,母亲和妻子,我生命中最重要的两个女人,为我买来了红色的衣服,甚至包括袜子和裤衩,她俩说我是本命年,必须挂红才能保平安。我当时觉得她们迷信,现在想来,其实在骨子深处这就是一种爱,一种牵挂,因为我在家庭里的角色,担负的责任,越来越大,越来越重。人类或许就是这样,担负着各自的责任,互相牵挂,互相依存,大步前行,生生不息。

比如说今天,在我生日这天,我仍然在执行公务,这就是我在履行一个警察的社会责任。这个责任驱使我忘了自己的生日,忘我地工作。

傍晚时分,卧底工作结束,我和同事们当场抓获了四百余个从事非法传销的嫌疑人。因为要抓的人太多,全局一千多名警察都从四面八方赶来增援。我赶紧抽空给妻子打电话,说回不了家了,因为这么多的嫌疑人需要立即看守审查,接下来的工作更多,我的生日晚宴看来是吃不成了。妻子在电话那头说:"我就知道你回来不了,算了,主角回不来,我们在电话里为你庆生吧!"八岁的儿子在电话里为我唱起了生日歌,他说:"爸爸,我给你说什么好呢?我说不来华丽的语言,我就用刚学会的文字写了一张生日卡片,祝老爸生日快乐,平安回家!"

当话筒那头传来儿子脆生生的童声时,我的双眼湿润了。我对儿子说:爸爸四十年来还从来没这样在电话里过过生日,我很快乐,因为所有的家人都惦记着我,全区所有的警察都在现场陪伴着我,我过了一个很有意义的生日。虽然,我的生日对我来说是很个人的事,我也向战友们保守着这个秘密,但我很幸福。作为一名社会身份是警察的我来说,能够在生日这天加班工作抓获这么多嫌疑人,就是我最大的生日礼物。今天是我生日的盛宴,是我生命的狂欢之日!

7月11日24时,我回到家中,妻儿老小已经酣眠。我见到了儿子搁在我枕头上的生日礼物——一张他自制的生日卡片,上面我身穿警服的形象很夸张很卡通。我今天收到了妻子、儿子、警局送给我的这么多的生日礼物,想来都是一片温馨!

(原载"中国公安文学精选网"2015年5月14日)

李台乡情

李 勇

　　李台,是我风雨历程中的一个港湾,是我人生征途中的一个驿站,是我前进道路上饥渴时的一个加油站。

　　为什么这样讲呢?因为我的人生溪流与李台乡村生活紧密联系过。

　　说实话,我是一个"文化大革命"小知青,当农民时,总想当"老把式";当工人时,也一心想做个"多面手"。由于我干活不惜力,师傅们都愿意与我在一起承接加工任务。1977年10月,我"混"上了工友们羡慕的"以工代干",不久还入了党,算是同龄人中的幸运者;1983年9月,又经全省文化统考转为国家干部。真没想到,身份的转变为我后来从警作了准备。其实,正是党组织的培养和选拔,决定了我的人生旅途有机会与李台有缘。

1987年仲夏的一天,我奉命来到公安机关报到,局领导分配我到李台派出所工作。听说到李台,我二话没说即收拾行李,骑上自行车,途经双浮、赵庙,奔赴李兴李台,穷乡僻壤。

一到李台街头,热闹的集市让人感到亲切,那时艰苦朴素是传统美德,吃喝消费是"败家子",不少农民还穿着补丁裤子。

现在说来可能还有人难以置信。淳朴的乡村诞生了一批简朴诚实的农民。

一位热心村民引我来到所里,我一看傻了眼,派出所大门一侧悬挂着的木牌子饱经风霜,不仅严重褪色,也自然"翘"裂成两半。除了几间陋房,派出所空空如也。

没有食堂、没有床铺、没有办公桌、没有交通车辆等,真可谓:吃饭没锅,睡觉没窝,办公没桌,办案全靠两只脚的一穷二白。听说范所长出差还没回来,我只好把介绍信装进口袋。中午怎么办?没人安排。反正我带有干粮,对付一顿午饭没啥问题。

下午,所里几位离家近的同志都有事回去了,唯独我家在邻县,路途遥远而留所看门。半天几十公里的奔波又加之饥渴,实在难受!所内无电扇,我只好到大门外的水沟边乘凉,徜徉在水沟边的大树荫下,一阵微风吹来,倍感大树底下好乘凉。遥看对面一望无际的麦田,我开始遐想:为了当警察、穿警服而放弃了县城原单位较为优越的工作、生活环境,像流放似的到这天高皇帝远的乡旮旯儿图啥哩?但这又怨谁呢?你既然选择了警察这个职业,就得能吃苦,能受罪,随遇而安吧!唉,既来之则安之,一切听天由命吧!

这时,太阳已渐渐西落,晚霞映红了天际。忙了一下午,被太阳晒得燥热不说,晚上吃饭、休息还没有着落,我顿时犯起愁来。

正当我一筹莫展之际,忽然一高一矮两个男子朝这边走来。待靠近时,瘦高个子问我:"你是派出所新来的李同志吧?我是李台乡分管政法的副乡长宋生配。"

说罢,他用手指着看上去有五六十岁的矮个子,说:"他是李台村的党支部书记赵万里同志,今天听说你来了,村里特意为你接风洗尘。走,咱们吃饭去。"

我犹如一只孤雁一下子找到了雁群似的,惊喜地握住他俩的手说:"谢谢你们的关照!"

晚饭后,赵支书几次关切地说:"你离家远,生活上有什么困难尽管跟我说,我们会尽力想办法解决的!"我十分感激地笑了笑。夜晚,我与宋生配就在会议室的桌案上歇息。由于乡村轮流用电,今天没摊着,天热也难入睡,我们就黑灯瞎火地"神聊"起来。

宋生配向我介绍了李台乡的社会治安状况,又畅谈了他多年从事农村政法工作的经验和体会,吩咐我一定要相信群众,依靠群众,与群众打成一片。我们俩年龄基本相仿,所以一见如故,谈得很投机,他讲他在部队的故事,我说我当工人的体会。

回忆往事,有滋有味,不知不觉进入了梦乡。

那一夜,我睡得很香、很舒服。从此,我觉得李台人都亲切、可爱。

李台乡地处皖西北边陲,南与界首马集搭界,西北与河南郸城鹿邑毗邻,东北与李兴清浅及亳州接壤,地理位置复杂,治安形势严峻,屡屡发生群众械斗事件和盗窃耕牛等现象,维护一方平安,任务非常艰巨。我们几个民警深感肩负的责任重大。

为了尽快破案,给老百姓一个交代,派出所范所长带领我们白天排除民事纠纷,夜间深入群众家中走访,秘密摸排盗牛嫌疑人。

功夫不负有心人。经过缜密侦查,认真摸排,一个姓张的犯罪嫌疑人首先浮出了水面。所长立即向县局报告,在机智刑警配合下,迅速将张某等六人组成的盗、运、销一条龙的纠合性犯罪团伙一网打尽,绳之以法。同时,我们又很快打掉了一个横行乡里的流氓恶势力团伙,大大净化了社会治安环境,为百姓撑起了一片蓝天。受害人开始扬眉吐气,安居乐业,群众欢欣鼓舞,拍手称快!他们燃放鞭炮,抬着匾额,手持锦旗,来到派出所表示感谢。

从此,李台派出所得到了群众的拥护,民警在群众中享有崇高的威信。

第二年秋季，我们所全面开展了农村派出所基层基础人口信息化管理工作。

全所人员起早摸黑、披星戴月、风餐露宿地在村里统计常住人口。全乡18个行政村，107个自然村，1100户人家，43000口人。

我们逐村、逐户、逐人登记，同时还兼顾上门办理身份证、绘制各村平面图。一天下来，光路就得跑几十里，累得真够呛，身子骨就像散了架似的。但通过这一工作，我对李台乡的地形、布局了如指掌，并与各行政村干群建立了密切联系。

相处中，他们看我诚实可信，就主动如实地向我反映治安动态变化，为我们进一步打击刑事犯罪和开展安全防范工作打下了坚实的基础。

后来，领导安排我兼任所里内勤，每月不但要综合材料上报，而且要下辖区包点办案。内勤工作相当烦琐，事务性较多。但它是派出所的一个窗口，关系到基层公安机关的整体形象。

作为窗口，可以说每天来所办证和户口的群众络绎不绝。我考虑到群众办事的难处和挣钱的不易，所以，凡是来所办证的，只要手续齐全，我都立即给予办理，对一次能办成的，绝不让他们再跑二趟，努力落实便民、利民各项措施，多次受到群众的赞扬。

忽然，有一天宋桥村的宋书金来到派出所向我哭诉："儿子打电话说他媳妇在深圳打工，因没有身份证被公安局扣在收容所里了，你看这事咋办好哩？"我一边安慰他不要着急，一边打电话与深圳警方联系。当我得知该地警方主要是想了解一下情况，目的是索要她在家是否有违法犯罪前科证明时，我即放下电话，迅速到该村进行实地调查走访。

当我把情况了解清楚后，立即向深圳警方发函，并通过警方转告宋书金儿媳速向李台派出所邮寄近期身份证照片两张。接到函报，当地公安机关即日就将宋书金儿媳释放。

几天后，我一收到照片，就给她办了加快身份证，并及时送到了宋书金手中。

这本是我工作中很平凡的一件小事，然而，却使宋书金一家深受感动。他感激涕零，逢人便说："派出所里的民警都是好人，能为咱老百姓办事。"他还从自家的桃园里摘了一篮子水蜜桃，送到所里，我说啥也不肯收。

我说："我们内部有纪律规定，不准侵占群众利益。"可他信誓旦旦地几乎下跪："这是我的心意，我替我儿媳向你表示感谢！"

看他那将要气恼的样子，无奈，我只好收下这篮桃子，因为它凝结了群众的心意，代表着群众的心声！

李台集是当地闻名遐迩的果品加工集散地，李台的农家蜜果集色、香、甜为一体，深受消费者青睐。时任李台村党支部委员的宋书印同志，将炸好的蜜果条满满地装了一袋子，拎到派出所里让我品尝。

小张庄村民张守田将承包地里种的最甜、个头最大的西瓜摘了十余个用架车送到所里。

集上村民陈秀英大嫂偷偷为我拆洗被子……

记得赵本山有句相声台词："老百姓不论你官职大小，就看你是为谁撑腰！"它道出了村民们的真情实感。我们每位公安民警好比是鱼，群众好比是水，鱼儿离不开水。你若心系百姓，处处为群众着想，为群众办实事、办好事，群众就会打心眼儿里感激你、拥护你，对你感恩戴德；反之，你若盛气凌人，以权谋私，经常凌驾于群众之上，坑蒙拐骗，说个瞎话，耍特权、抖威风、欺压群众，群众就会憎恨你、反对你、远离你。

那年春节，我在派出所里值班。除夕之夜，鞭炮声此起彼伏，礼花五彩缤纷，乡村万家团聚，共享天伦之乐，处处洋溢着欢快祥和的节日气氛。每逢佳节倍思亲。我伫立在派出所院内，遥望满天繁星，只见群星闪烁，向我眨眼微笑，为我做伴，我一时感慨万千。

当时，我真的体验了一回像"春晚"动人歌词中所描写的节日不能与亲人们同乐的那种无私奉献的心态：为了母亲的微笑，为了大地的丰收，为了人们安居乐业，我坚守在工作岗位上，感到无上的光荣与自豪！我准备吃晚饭，好集中时间观看一年一度、全国人民关注的春节联欢晚会,心想这大冷天、除夕夜,犯罪分子也不会出来作案。我便关上大门,走到屋里暖和暖和,可是,没多大会儿,忽听见"咚、咚"的敲门声,我以为是有人来所报案,急忙向大门口走去。谁知拉开门,只见村支部书记赵万里步履蹒跚地走了进来。

他向我笑吟吟地说:"你们这些民警太辛苦了,过年都顾不上回家,我心里过意不去,特意来叫你到我家去过年!"

我虔诚地握住他的手说:"赵叔叔,你的心意我收下了。说实话,这几年也没少麻烦你,今天非同寻常,我改日再去吧!"

老支书诚恳地说:"这有啥?又不是到别的地方,到我家不是跟你家一样吗?"

正说话间,住所附近的几位大哥、大嫂们也纷纷赶来,都争着请我到他们家里过春节。顿时,寂静的派出所院子沸腾起来,我感激得无言以对,只有逐个地向他们握手感谢!实在是盛情难却,我只好随老支书过去。

在老支书家里,我没有丝毫的矜持和不安,与他们一家人谈笑风生。那欢乐的韵味,那幸福的情景,就像在自己家里过年一样。

记得是1996年春暖花开的一天,邻镇战友来李台办事,我们中午饭是在街上饭店吃的。饭后,我感觉肠胃有点儿不适,继而晚上拉起肚子来。夜晚我到外乡办案,返回时已是凌晨三点钟了,腹部隐隐作痛。

次日上午,所里人员为我请来了乡里卫生院的医生,初步诊断为"阑尾炎",可我事多走不掉,只好保守治疗,在所里打点滴维持现状。下午,病情稍有好转,我又投入了紧张的工作。然而,到了晚上特别是后半夜,一阵剧烈的腹部疼痛使我大汗淋漓,疼得我不得不发出阵阵呻吟声。怎么办?这深更半夜的上哪儿找人?心想还是忍忍吧。可忍了又忍,实在忍不住了,我不得不怀着求生的欲望,弯腰捂着肚子步履维艰地向外走去。

大约走了二十分钟,才来到老支书的儿子赵晓东家,请求他赶快想办法把我送到县医院治疗。回县城谈何容易,好几十公里路呢，夜里又不通车。老支书赵万里听说后，立即找到乡长汇报，宋乡长闻讯立即安排当时乡里唯一的一辆"仪征车"送我到县医院。经医生再次诊断，我患的是"急性化脓性阑尾炎"，需要立即手术治疗。

这时，派出所范所长听说我得急病住了院，也匆忙从家里赶来，为我挂号、缴费、取药、签字等跑上跑下，忙前忙后。

手术后，赵晓东又亲自为我护理，日夜不离病房，医院的人还误以为他是我的小弟呢！住院期间，李台街上的两个年轻妇女来医院看我，她俩的年龄比我小，我称她们为小妹妹，她俩望着我陡然消瘦的面孔，止不住落下泪来。护士问我说："你们兄弟关系处得真好！你们姊妹几个呀？"我听后眼睛禁不住湿润了，大家相互笑笑，没人回答。

后来，所里的民警、李台的干部、宋桥的群众都先后拎着鸡蛋、水果、鲜花来到医院病房看我，将整个病房挤得满满的，有的人只好站在门外的走道里。最让我感到意外的是，曾经被我亲自查办并送去劳动教养一年的宋小双也来到医院看我。他拨开人群，走近病床，亲切地握着我的手说："李叔叔，多亏你对我的及时教育和帮助，使我走上了正道。我释放回来，有人看不起我，是你先到家里看我，还送我一本养鸡专业书，鼓励我走养殖致富的路子，帮助我排忧解难。现在，我饲养了一千多只鸡，已初具规模，也初见成效！今后，我要安分守己地发展养殖业，再也不干那偷鸡摸狗见不得人的事了。"说着，他从包里掏出两盒"葡萄糖注射液"放在了我床头。当时，我还斥责他，你不要这样，不要乱花钱，你还处在创业阶段，挣钱不容易，以后还要考虑不断发展。他一听这话，哭着说："不是你，我没有今天的安居生活，这是我的一点儿心意，你要好好疗养身体呀……"

主治医师关主任问我说："李警官，你的亲戚咋这么多？"我不好回答。不过，我被眼前的情景感动得热泪盈眶。人们常说，远亲不如近邻，近邻不胜对门。不是吗？我虽在异乡，但我觉得我面前的人就是我的亲人，而且胜过亲人。是他们挽救了我的生命，是他们给予了我无私的帮助。李台人给我带来了温暖，带来了慰藉，带来了希望，它使我今生今世没齿难忘！

范所长是个退伍军人，干过刑警，人称办案能手。我虚心地向他请教办案技巧，自愿拜他为师。我的勤学好问精神深深地打动了他，他每次下乡办案，总要带着我去了解情况。我从他那里学到了许多在书本上学不到的东西。在范所长的指教下，我学会了办案并能独当一面。凡是经我手办理的刑事案件、治安案件均没有出现过任何差错或引起争议、复议的。与此同时，我和范所长在工作中也结下了真挚的友情，我们俩既为师徒又如兄弟。我每次回老家，在当时没有汽车的情况下，范所长就骑着摩托车把我送到集上坐车。在生活方面，范所长对我也关怀得无微不至。在范所长的领导下，我们齐心协力，做好工作，大家都认为，能在一块儿工作便是前世修来的缘分，是工作把我们紧紧联系在一起！我们在李台这块沃土上共同植下了万古长青的友谊之树。

令我记忆最深的是1998年一个冬日的拂晓，我们所里的几个民警为了尽快处理一个棘手的伤害案件，连夜驱车到李台乡最南端的昝寨村执行公务。昝寨村是个有1200多口人的大村子，以前妨碍行政执法现象相当严重。为了完成任务，又不影响村民休息，避免意外事件出现，我们事先分成两个小组，悄然行动，拟对两个行为人执行强制传唤。我带领的小组敲门传唤一名行为人时，由于行为人不在家，我们就往回走，去寻找另一组的战友一起返回。

忽然，听见西边不远的胡同里人声嘈杂，有人喊："抓小偷哇！"一刹那，不少村民们手拿钉耙、铁锹、木棍等农具在前面快跑起来。我的心一下子提到喉咙口，由于天黑看不清人影，我就疾步走到他们跟前，发现人群包围着另一组两个新来的年轻民警，其中一位民警的脖子上还有两道血痕，另一民警亮出工作证说："我们是公安局的。"可是，有一个别有用心的人说："你胡说，你是小偷，你们上俺庄上来就是想偷东西，不要听他的，给我打！"

在他的唆使下，一些人不明真相，正准备出手。围观的人看我来到跟前，也不分青红皂白欲扬起木棍打我，在这千钧一发之际，我挺身而出，义正词严地说："我是李台派出所的，请听我解释！"说来也怪，我这一喊不当紧，那个扬棍想打人的就把木棍收了起来。人群中有认识我的人就说："别打，我知道李警官是个好人，看来他们真是李台派出所的！"话音刚落，只听人群"哗"的一声，仿佛决堤的洪水向四周溢散。

眼看就要爆发的一场事端就这样被我一句话给化解了。其实，这不是我的能耐，而是派出所夯实基层基础工作和融洽警民关系之后的必然结果。事后，我找到那个妄图唆使人殴打民警、阻碍执行公务的村民，毫不犹豫地给予了他严厉的治安处罚。

有收获必有耕耘。回顾往事，我们有无限的快乐也有说不出的苦衷。如今，我已年过半百，不可能再干出惊天动地的事业。但管住自己，稳固辖区还是绰绰有余的。严格执法，热情服务，好说不好做。

说实话，我一直是在严格遵循法律条文的同时，恪守职业道德，凭着做人的良心积极为村民办事的。但不说社会上被我处理的人如何，总有一些人不理解我们的所作所为，就像有人信奉"好人一生平安"，却有人说"好人吃亏"，也有人说"吃亏是福"。

我认为做人最重要的一点就是以诚待人，就是你必须设身处地与人相处，始终坚持一个"诚"字，即为人要诚实、诚信，与人为善。只有做到了这些，人们才能把你当作朋友、知音而格外信赖你、赞成你。

诚招天下客，誉从信中来。这一经商信条，我想也应是做人的起码准则。作为基层民警，究竟怎样做才能完全符合社情总体要求，执法达到公平，又让群众满意，切实维护农村治安大局稳定，这是值得我们认真思索的永恒话题。

2002年1月，因工作需要，也是领导关心、照顾，我被调到靠近105国道、交通比较便利的派出所任职。临走的前一天夜晚，我思潮起伏，浮想联翩，彻夜未眠。

我在李台工作了整整十五个年头，与李台人民结下了难忘的深情厚谊。明天，我将再次与李台村民告别，与李台告别，走向新的工作岗位，真的让人心里依依不舍啊！

次日，天气骤变，鹅毛般的大雪从天而降，天地间白茫茫的一片，寒风凛冽，吹得树枝沙沙作响，看来一时半刻不会停止。我正准备与战友们辞行，想早点儿坐车起程，忽听大门外面锣鼓喧天，鞭炮阵阵，唢呐声声，我还以为是春节将至，谁家在办喜事呢！

可我跑到大门口时，却被眼前的景象震撼了！宋乡长和老支书赵万里带领几十位村民正在大门外站着，身上洒着大片大片的雪花。

赵万里深情地说："我们已经等候多时了。大家听说你今天要调走，特意来送送你！"

风雪中，我举目凝视，发现村民们有的抬着匾额，有的拎着水果、年糕等礼物，这场景真的令人感动不已。我赶快走上前去与他们一一握手致谢。

送君千里，终有一别。在李台街北头，我坐上直达班车，仍不由自主地回头透过明亮的车窗向欢送的人群招手致意！汽车迎着东风，沿着笔直的马路疾驶，越过小张庄、孔曹坊……李台，我忍不住又回头望去，隐隐约约看见送行的人群仍然站在原地目送我渐渐离去。

（原载"中国公安文学精选网"2015年5月14日）

我想对你说
——给孩子的一封信

张文忠

  孩子,今天给你写这封信,我们是成人之间的交流,因为,你已经超过十八岁,是一名大二学生,是一个成年人了。

  用这种方式,这么多年以来,是第一次。之前,你可能会对我作为一名慈父的谆谆劝导铭记于心,也可能会对我作为年过不惑的上一代人的反复"说教"不屑一顾。这一次,无论你是一种什么样的感受,你要耐下心读完,然后,找个你自己认为合适的时间,将心里话再告诉我。

  我想对你说:既然我们有幸成为父子,我们永远是一家人。我与你母亲是十多年的同学,感情很深,当我们把爱情升华到婚姻层面后,就成为了夫妻。刚结婚的时候,我在部队服役,是一名光荣的解放军军官,与你母亲两地分居,相隔几百公里，每年只有短暂的三十天探亲假，以至于我们在每次相聚时都会觉得时光消逝得如此飞快。在聚少离多的日子里，你的母亲怀孕了，临产之际，我休假回家在幸福和焦灼中等待你的降临。可是，你这个调皮的家伙，像和我作对似的，迟迟不肯离开你母亲见我。无奈，在我等到第十八天的时候，与你母亲作了一个决定，就是让她慢跳一千下，现在想想，我们那时也太年轻和冲动了一点。当晚，你母亲就有了反应住进了医院，子夜时分，在千呼万唤中，你来到了这个世上。当医生把你抱到我面前的时候，你一双乌溜溜的黑眼睛瞪着我，自然就有种亲切感，那一刻，我的心是柔软的，那一刻，你就是我的整个世界！由于我是一名军人，军令如山，再对你牵肠挂肚，我也只能在照顾了你母亲和你十二天后，恋恋不舍回到了军营。之后，在相聚—分离—相聚中，你慢慢长大，等我退役离开军营回到地方参加公安工作时，你已经开始上小学了。随着社会经济的发展，从用自行车、摩托车一直到家庭轿车，我把你逐步送进了大学。我不知道你有没有感受到，每次你转身离开时我对你注视的目光，那是一种父亲的眼神。像天下所有父亲一样，这双眼睛，将会陪伴你人生的大部分岁月，因为，我们是父子，我们是不离不弃的一家人。

  我想对你说：既然我们来到这个世界，我们就要成就自我。我和天下所有的父亲一样，默默打拼着，通过自己的努力成就自己的事业。可能，在你的眼里，我并不是很成功，现在仅仅是一名普普通通的人民警察。但是，我付出了，我不后悔，因为，我觉得自己的人生可以用"精彩"二字来概括。在部队服役期间，我团结同志，尊重领导，勤奋工作，从一名士兵成长为解放军军官，为国家国防事业贡献了应有的力量。退役后，我成为一名交警，一直扎根在一线，从不熟悉公安工作到成为一名合格的基层负责人。当然，比起很多人，我付出了很多，同样，比起很多人，我付出得远远不够。2014年4月的一个雨夜，我在勘查事故现场时被闯现场的车辆撞伤，瞬间剧痛袭来，倒下的那一刻我在脑海中回放了一下自己的人生，最放心不下的还是你，我怕没有我的陪伴你会孤单失落。伤未痊愈，我就回到了工作岗位，因为公安工作需要我。2009年，我担任事故科科长，与其他同志加班加点，四个月就完成了启动"八位一体"事故处理中心的艰巨任务，为老百姓处理交通事故民事赔偿纠纷提供了快捷便利的服务，该中心当年被评定为"全省一等事故处理岗位"。而就在省交警总队召开现场会暨挂牌仪式的时候，因为高强度的劳动，我哑然失声了。近几年，无论是在单位创新社会治理推出"牵手"服务品牌，还是化解社会矛盾开展"到底谁有理、大家评评看"活动等各个方面，我都能够发挥好自己应有的作用。从军入警，我获得过许多荣誉，曾被国务院、中组部、人社部、解放军总政治部联合表彰为"全国模范军队转业干部"，组织上给了我很多，我也证明了自己的价值。孩子，其实成功未必就是大富大贵，坚持与坚守一样可以成就自己。坚持，需要你在任何时刻都不能放弃目标；坚守，就是要始终如一地把工作当成事业来干！对你的要求同样如斯，我们不求你有多么辉煌，我们只求你能够成人，能够成为一个对国家、对社会有用的人，从而化茧成蝶，成就自我。

我想对你说：既然我们被社会选择，我们就要奉献社会。人的一生是短暂的，我们来到了这个世界，享受着全社会为我们提供的各项服务，如果一味索取，不但时光会被虚度，而且会被整个社会所淘汰。你仔细想一下，医生悬壶济世，是为人们提供救死扶伤的服务；教师教书育人，是为人们提供传授知识的服务；警察与军人守护平安，是为人们提供安居乐业的服务，这是朴素的真理，不存在说教的问题。当前，一些人包括大学生在内，人生观与价值观出现了偏差，浑浑噩噩，没有目标，把自己的失意归结为社会的不公平，这是错误的。目前，我们国家正在开展党的群众路线实践教育活动，以"为民、务实、清廉"为主题，立"八项"，治"四风"，干部清廉、政府清明、社会清正，呈现出了一派欣欣向荣的景象，正在中华民族的伟大复兴之路上高速前进着。时不我待，21世纪缺乏的不是人，而是人才，机会总是垂青有准备和准备好的人，要想奉献社会不做无用之人，就要主动适应社会、顺应潮流，才能立于不败之地。有句话说得好,"事有所成,必是学有所成;学有所成,必是读有所得。"你现在是学生,学生的本职是好好读书,为明天积累足够的知识;明天你走向社会,在任何岗位上,你都需要做好人、做好事、做好文章。你要相信,只有树立好正确的世界观、人生观、价值观,才能树立好正确的工作观。千里之行,始于足下,伟大的理想信念需要我们用行动去实践。我想,你只要能够把这些话理解透彻,就会在脚踏实地中埋头苦干,在勇于开拓中善于创新,在不畏艰难中奋力拼搏。

　　人生没有回头路,一切的成功都不是偶然的。孩子,前进的道路可能曲折,但会光明,把所遇到的挫折都作为宝贵的财富,一生会其乐无穷。作为一名父亲,这是我想对你说的话,我更希望,你对我说些什么。

(原载"中国公安文学精选网"2015年5月15日)

有一种爱，妈妈来不及给你

仇恒泉

"有种爱，妈妈给不起，所以妈妈一直在犹豫……只因为，妈妈的世界里，除了爱你，还有许多……妈妈只能在遥远的地方祝福你，一些爱，却因时间的问题，妈妈来不及给你……"

这是女民警李霞留给她刚出生的爱女的一段话。提到李霞，还得从去年的一次培训说起。

去年五月的中旬，我参加了全省公安机关人民警察公文写作培训，按照省厅政治部的统一安排，培训的地点被安排在江南小城——铜陵市。之前从未去过铜陵的我，竟然在这里遇到了七名警校同届同学，这种意外邂逅真是让大家喜出望外。虽然二十多年少有音信，却一见如初，加之大家在原单位主要都是负责一些文字材料处理工作，交流起来既亲切又颇有心得。短短的培训期间,除上课、训练之外,我们常常是聚在一块儿,海阔天空畅谈往日的时光。二十多年不见,友情在岁月的沉浸中,却如一坛老酒,一打开,总是芬芳扑鼻。你的孩子有多大了?爱人是哪个单位的?寝室的老四已经提拔为刑警队大队长了……你一言,我一语,都是一些鸡毛蒜皮的小事,却真实地表达着一种关怀。

也正是从闲聊中,我得到了我的警校同学李霞已经死亡的噩耗。同学陈斌是李霞的同乡,他还原了李霞从警校毕业工作到离开人世的这段经历。

李霞从警校毕业后,分到了皖南的一个山区派出所,从事文字材料工作。三年后,她嫁给了一名现役军官。两人一直过着分居的生活。虽然饱受了很多相思之苦,却也引来了不少羡慕的目光。就在李霞怀孕的第六个月,李霞突然觉得自己身体出了问题,先是出现了咳嗽、痰血、低热、胸痛、气闷等现象,起初她认为这一切都是一个女人怀孕时的正常症状,也就没有放在心上,之后她去了一趟镇卫生院,医院给她抓了几济药方,可服了一段时间,却仍不见好转。两个月以后,李霞的身体状况变得越来越糟糕,除了以前的那些症状之外,她的声音也变得沙哑,颈部出现了水肿,浑身无力。于是她请了一次假,让一个闺蜜陪她到县城医院做了全身检查,在医院折腾了一天,等来的却是一场噩梦,大家谁也不愿想到的结果:李霞得了肺癌。医生说,如果再拖下去的话,活到年底就是奇迹,也就是说不治疗的话,李霞只有九个月的生命,现在她的当务之急就是停下一切工作,在医院接受治疗。

躺在医院的床上,四周是白色的墙壁,床单是白色的,甚至连床头柜把手也是刺眼的白色。李霞突然间感到一种从未有过的恐惧,这种恐惧让她痛不欲生。她不敢告诉任何人,尤其是自己的父母和远在新疆服役的爱人。医生告诉她,接受治疗的最好方式就是化疗,而化疗将给腹中的胎儿带来很大的伤害,甚至危及生命。而不接受化疗,李霞就将过早地失去生命。在两者的取舍中,李霞的思想经历着每一个白天和黑夜的痛苦折磨。朋友跟她说,还是引产吧,将来身体恢复了,还可以再要。可李霞心里清楚,那都是些宽慰的话。即使不要孩子，自己的病也未必能够治好，一切的努力或许都是徒劳。而只要再等四个月，一个新生命就将来到这个世界了，如果这么绝情地扼杀掉一个生命，那她将是一个多么自私的母亲！也许舍弃了孩子，自己的生命就会得以延续，可接下来的日子，她又将如何去面对生活和未来？那种拷问会让她无法释怀、不得安宁。

最终，李霞瞒着自己的亲人，做了一个大胆的决定，那是一份母爱的决定：放弃治疗，把孩子生下来。

第二年的春天似乎来的格外早，远处的青山连绵起伏，早已是一片苍绿。近处山坡上的小草，悄悄地钻出地面，嫩生生、绿油油。这一片，那一簇，点缀了整个大山。山坳里，有婴儿的啼哭从一座红色阁楼里传出，声震林樾。

三个月后，李霞离开了自己的亲人。临走时，她含着泪，恳请自己的母亲、婆婆和爱人一定要照顾好孩子，因为只有那样她才会走得安心。家人除了一个劲儿地点头、流泪，说不出一句话。

有人说，李霞是自私的，她把一个新生命留下，却让她失去了母爱。有人说，李霞是一个伟大的母亲，她宁愿放弃自己本可以得以延续的生命，生下孩子。

"有种爱，妈妈给不起，所以妈妈一直在犹豫……只因为，妈妈的世界里，除了爱你，还有许多……妈妈只能在遥远的地方祝福你，一些爱，却因时间的问题，妈妈来不及给你……"我和大家几乎是流着泪，听完李霞的故事。我想如果李霞还活着的话，一定会和我们一样来参加这个写作培训的。回来后，我和大家一样，总想抽个时间去看看李霞的孩子，却终不得闲。我们一直想知道这个延续着深沉母爱的"美少女"是不是很健康、很可爱？

（原载"中国公安文学精选网"2015 年 8 月 21 日）

我眼中的一名京城民警

夏晓露

北京于我早就种下了一种情缘。每当徜徉在南国雨润的街道，呼吸着潮湿的空气，我便会想念北京明丽的蓝天，想念白雾如练的昆玉河，想念悦耳的京腔和温暖的胡同；只要一闭上眼睛，二十年前的王府井便穿越时空而来。

如今当我再一次踏足这条古朴而又充满现代气息的街道时，却发现它是熟悉的又是陌生的。正如很多人都说："每当想起北京城，我就热泪盈眶。我对它的城门、城墙乃至一砖一瓦都是有感情的。"而这一次来到王府井又有着另一种意义……

灵魂的气根。

这里是东方广场。

王府井书店左前方五十米：一辆白色警务巡

逻车像一枚硕大的"和平鸽"卧在那儿。他坐在驾驶座上，身穿天蓝色夏季执勤警服。他用眼睛机警地扫视着街道的一切，我感到有一种冷光弥漫在车外。

车外：街道、行人、商场、小吃摊、冷饮店、报刊亭，一切都在喧嚣中有条不紊，秩序井然。

那些手里拎着大袋小袋东张西望的游客，那些嘴里吃着糖葫芦的黑发、金发的中外俊男靓女，那些相互搂着一路走过的情侣，三三两两尽享一片繁华、一派盛世。

此时，我只想用神清气爽来描绘现在的季节。要说清爽也只属于秋。这是北京初秋的黄昏，夕阳正暖。京城高耸的红墙与青瓦浸染着耀眼的金黄之光，虽说古城墙已被拆得七零八落，可故宫的城墙依然巍峨，有着当今城市建筑中无与伦比的炫目；而街边的银杏树，护城河岸的杨柳青绿中开始夹杂着点点杏黄，预示着赏秋时节就要来了；那些高大的楼宇，在辉煌的阳光中透出高贵的皇族气息。在我的印象中，阳光永远照耀着这座城市，北京的天总是蓝得纯得让人想哭，连雾霾也有些许的亲切感。

夜幕降临，我与他在东方广场执勤。

他就是一北京爷们儿，说话尖酸刻薄，模样桀骜不驯，还有点儿"痞"劲儿。可他偏偏是一名警察，在我眼中还是一名铁血柔情的警察哥儿们。

他从裤兜内掏出一盒烟，弹出一支，把黄色烟盒以一个潇洒的弧度扔到驾驶台上，然后点燃了烟。顿时，车内有了烟霞一样的暖雾。我只见白色的烟雾正笼罩着他疲惫的面孔。一会儿，他用嘴叼着香烟，腾出右手揉了揉双眼，并深深地打了一个哈欠。

我透过烟雾看着他在沉思，双眼又似乎在"欣赏"车外的景致。车内没有任何声音，我却听到他的内心又在沸腾着不甘寂寞的思考，使我感受到一种生命的力。

车外人声鼎沸。

我坐在副驾驶座上问："要值到几点？"

"没准。"他面无表情看着车外。

过了一会儿,他摁灭手中的香烟,只见一缕青烟从他手指尖快速窜到车内,又慢慢淡开去,散成一圈薄薄的空气。

"走,去商场巡一圈儿。"他戴上放在方向盘上的白手套,将警帽正了正跳下车。

按要求早穿好警服的我匆匆扎上警用执勤腰带,上面缀有急救包、手铐、辣椒喷雾器、电警棍、防割手套,少说也有三斤重。从警已三十年的我竟然第一次扎这样专业的执勤腰带,说来实在汗颜。我急忙跳下车跟在他后边进入"东方新世界"商场。

在我的印象中,他的心就是一匹狂野不羁、任思想驰骋的"野马",他的大脑永远弥漫着一种焦渴、一种躁动、一种坚韧,他总在找寻让灵魂能飞跃的岩壁。

在他的意识里,思考人性的真实才是生命的真正要义。他把思考贯穿在生命细节中。他一直做基层一线警察,在这样日复一日年复一年的派出所工作中,也许他那颗孤傲的心早应该"屈服"于日常治安案件和辖区内那些"鸡毛蒜皮"的警情中。但他却让自己生活在一种自成体系的强大浩瀚的内心世界,孤独地攀爬灵魂的气根。而作为一名人民警察,还有一种警察精神在他的体内燃烧。

夜有些深了。深蓝色的天空中还浮着紫红而又妩媚的几丝云朵。我此刻彻底地陌生起来,从没在北京街头执勤过。当年在报社的四个月也是以记者身份四处采访,如今却穿着警服在王府井街头巡来巡去,几分激动、几分紧张外还有几分好奇,而骨子里还是记者心态,仿佛在进行一次跨越式采访,一种难言的心境铺陈开来。

夜光中斑驳的灯影打在白色的车头,引擎盖上的"警察 POLICE"给夜色增添了几分温暖与安宁。

"警官,请问北京站离这儿有多远?"

"警官,公交车 104 路如何走?"

"警官,现在几点了?"

"Hello, How can I get to railway station?"(请问地铁怎么走?)

几乎每隔几分钟就有几个问路的。

他十分耐心地回答过路询问的人们。我纳闷,这警察敢情成了

"活导航仪"了。可他却笑着回答，如数家珍。我惊异于当警察快三十年的他竟然能把西班牙语、俄语、英语、韩语、日语等多国语言听懂七八成。他告诉我，今天算是平静的，我运气"不"好，没赶上"热闹"。

其实，他从早上执勤到现在已有十二个小时了。他显得有些疲惫，但还必须坚持，值班是要值二十四个小时的，没警情或许子夜12时可以收队回所休息待命，而一旦有警情，或许到凌晨，或许到第二天，真叫没准。

回想那天下午，我接到他的电话："出发了，你准备好，五分钟赶到派出所。"其时我刚从机场赶到住地，闻言换好警服，立马拿上相机一路小跑，到派出所门口，只见他从里面带着一个左额头包扎白色纱布的男子上了车。太阳正暖暖地照在他们身上，身后拖着长长的影子。只听他说："上车，我们去法医鉴定中心。"路上他告诉我："你来我们所体验，我上报了警长和所长，特批后才允许的。"我坐在副驾驶位，受伤男子坐在后面。他一脚油门儿，警车箭一般从王府井大街冲上长安街，我急忙拉上安全带，他嘲笑我胆小。"我曾在市局特警队进行过驾驶特技训练，习惯了开快车。我们所的人坐我的车也直喊晕。"他得意地笑着说。

他曾做过刑警、特警、治安警，还在北京东城分局政工部门工作过。因不习惯机关工作性质，他要求回到了派出所，他说："在派出所接地气。"

在法医鉴定中心排队间隙我才获知，他今早处理了一起盲流为争地盘发生的斗殴案件。这不，上午他已经带伤者到医院进行了包扎，下午又必须到法医鉴定中心做伤情鉴定出具证明，再回所里整理案件材料，然后还要移交分局，一个案件得折腾七八个小时，甚至更长时间。

此时，已是晚上21点20分。街上的行人渐渐少了。灿烂的霓虹也在一盏盏减少。

他所在的派出所是北京东城区公安分局东方广场派出所。他叫张文潮，在该所干了七年。派出所坐落在王府井大街218号，所里有三十多名民警。这里是北京的政治文化经济的核心地段之一,但是派出所的办公条件却让我有些不敢恭维:"藏"在一个不起眼的大厦四楼,说是大厦,实则是一座类似广东的骑楼的建筑。大门口派出所的牌子与某宾馆的招牌并列,一进门先是宾馆服务台,让人不知是去宾馆还是到派出所。到了四楼才有一个派出所的玻璃门,进去后发现,几乎所有办公室和民警宿舍都没有窗户,可民警们在里边正干得热火朝天。他们在这个寸土寸金"巴掌大"的地方,承担着地方警察难以想象的重任。他们一年之中要承担的各类全国性、国际性重要会议以及各国元首来访等一、二级警卫安保任务已无法统计,常常是连续上勤四十八小时。比如 2014 年 11 月在北京召开的 APEC 峰会,全局向民警提出严格的十不准要求,绝不能出任何差错。对于他们来说这不仅仅是治安任务,更是政治任务。而他们平常的工作状态则是:采取重点地段设伏蹲守,对各类违法犯罪活动保持"零容忍"的工作态势。

那天我问他:"你们国庆放假吗?"

"我们哪有节啊?全员在岗。国庆安保之后紧接着四中全会安保了,接下来就是 11 月 APCE 峰会安保,然后……"我一听这些安排,头都大了。

我不知道,对于在基层一线工作快三十年的他,是什么样的动力让他坚守着?他才情兼备头脑灵活反应灵敏,办案有一套,但一直是一名基层普通警察。虽说总哼哼这活不是"人"干的,可我走近他,却发现他干得十分卖力,且不亦乐乎。

(原载"中国公安文学精选网"2015 年 8 月 25 日)

高原女儿红

张玉波

"花儿为什么这样红?因为它象征着纯洁的友谊和爱情;花儿为什么这样红?因为它是用那青春的血液来浇灌……"这是三十年前的电影《冰山上的来客》的主题歌,也是为数不多的伴我走过激扬青春岁月的歌曲。从这部电影里,我知道了帕米尔高原那遥不可及的高远纯洁的世界,知道了塔吉克族这个鹰一样的民族,更是对电影里塔吉克族帅小伙阿米尔和花一样的姑娘古兰丹姆的爱情故事充满了羡慕与敬仰。

没有想到的是,三十年后,我见到了像古兰丹姆一样美丽的塔吉克族奇女子,见闻了她和汉族小伙阿米尔的爱情故事。

那天,一群来乌鲁木齐开会的新疆警界英模在院子里谈笑风生、畅言交流。我和同事走过去，他挨个儿给我介绍。介绍到一位女同志时，我笑着抢先说，她一定是比比热汗。同事问我为什么，我说我认识古兰丹姆啊，大家会心地笑了起来。此时，比比热汗却显得不好意思起来。

的确，站在我面前的比比热汗个儿头不高、身材苗条，扎着羊角辫，眼睛深凹，鼻梁高隆，活脱脱一个电影中古兰丹姆的娇美形象。只是一袭警服，使她透出了古兰丹姆所没有的果敢与刚毅。

比比热汗所在的塔什库尔干塔吉克自治县，在平均海拔超过四千米的帕米尔高原上，这里高寒缺氧、空气干燥，而且泥石流频发，是一个自然环境艰苦、民风淳朴的边境小县。就是在这样的恶劣环境中，比比热汗这个柔弱的女子一干就是十多年。在一路汗水和艰辛付出的陪伴下，她成长为塔什库尔干塔吉克自治县公安局治安管理大队教导员。

刚参加工作时，比比热汗被分配到交警队，主要负责314国道巡逻。从所在地苏巴什达坂到著名的红其拉甫中巴（巴基斯坦）界碑一百九十五公里，国道崎岖不平、山路弯弯。由于高原缺氧，连汽车都走不动，是著名的无人区。比比热汗和另一名民警巡逻一个来回要走整整一天，经常如此，一干就是几年。当时，由于这里的老乡比较贫困，没有出行工具，最主要的交通问题是车辆超载和报废车辆上路。比比热汗每次发现这样的情况时，都要拦住违章车辆，以女性特有的亲和力和耐性对群众进行教育，让他们明白其中的危害，并经常把超载的群众带一程。久而久之，在这个人员稀少的地方，老百姓都认识了她，并接受了她，把她看作帕米尔高原上的一朵鲜艳的花，自觉地呵护她。

几年后，由于工作出色，她担任了县公安局治安管理大队教导员。全新的工作环境，使从未接触过户籍、计算机知识的她感到了巨大的压力。刚开始的时候，比比热汗没有时间看望父母、没有时间照顾孩子。白天，她全身心投入工作，虚心向老户籍民警请教工作方法；晚上，钻研户籍政策、法规，自学计算机知识，查找有关户口材料。尤其是在人像采集、办证工作上，比比热汗总是给群众耐心解释，喉咙沙哑了、累病了，但她仍然不肯请一天假，七年如一日。

塔什库尔干县多数乡镇在偏远山区，农牧民群众前来办证路途遥远、花费较高，很多牧民不愿主动来办证。针对这一情况，比比热汗和其他民警便一起带着办证设备深入全县各乡镇采集二代证人像数据，累计行程万余公里。她娇小的身影穿梭在崇山峻岭之间，活跃在每个牧民的毡房前。

我曾经问过比比热汗，你们历尽千辛万苦深入乡村为牧民办理身份证，就不怕遇到危险吗？比比热汗说，危险肯定是有的，但我们不能把危险留给牧民！塔什库尔干县地广人稀，一些偏远乡镇不通公交车，牧民进一趟县城要一个多星期，实在太浪费时间和费用了。虽然我们这里是高原地区缺氧，但我们不缺精神！我们塔县有"帐篷哥"那迪尔伯克这样的人民喜爱的警察，我们都在向他学习。人民群众有困难，我们就应该挡在前面。虽然我们下乡时吃了点儿苦，但我们和牧民建立了亲情，收获了感动。帮助别人，也成就了自己的幸福和快乐。

帮助别人、快乐自己，这是比比热汗的人生信条。一次，比比热汗去库克西鲁克派出所时，得知该乡第三自然村一名叫阿瓦古丽的女孩，家有五口人，父亲早亡，生活十分贫困。她二话不说，立即跑到附近的商店里买了大米、清油、茶叶等前往看望。看到阿瓦古丽一家的生活状况比想象的还要窘迫，她不由得流下了眼泪，当即决定帮助这个可怜的小女孩。回家后，她与丈夫商量把阿瓦古丽认作妹妹，经常看望，并想方设法帮助阿瓦古丽家发展经济，联系阿瓦古丽到内地务工，直到她们全家脱离贫困。看到阿瓦古丽家脱贫了，比比热汗心里像灌了蜜一般，一提到这件事，比比热汗脸上就洋溢着幸福和快乐。

塔吉克民族流传着无数美好感人的爱情故事，这些故事无一不是用青春的热血来浇灌的，它是那么纯洁、那么坚固。比比热汗和宁杰的爱情也不例外。比比热汗工作出色、长相甜美，早被同在一个公安局工作的汉族小伙宁杰所仰慕并在心中偷偷埋下了爱的种子。民族的不同，习俗的差异，家庭的反对，都没能阻止他们的相爱。志同道合，互相爱慕，坚贞不渝，共同进步，这些优秀的因子，终于使他们感动了所有的人，成就了一段令人钦羡的佳缘。"阿米尔和古兰丹姆的故事"在他们身上生动地演绎，阳光沐浴下的塔什库尔干冰雪圣洁、花儿正红……

谁不喜欢花前的美丽，月下的浪漫；谁不渴望幸福的团聚，天伦的欢颜。但是，生活终归是生活。比比热汗和宁杰虽然同在一个公安局工作，但分属于两个所队，相距几十公里，只能劳燕分飞，不能时常见面。他们最大的愿望就是一起到父母家里帮助他们干家务，孝敬老人，一起照顾孩子，三代人团聚在一起是他们工作之余最幸福的时刻。

"他乡遇故知"是古人公认的人生四大快事之一。在今年的一次表彰活动中，承办单位秘密策划把受表彰的比比热汗的丈夫和七岁的儿子接到现场，他乡遇亲人的场景就更是可想而知了。宁杰拉着比比热汗的手，一个劲儿地说：老婆，好样的。他们的儿子更是高兴得手舞足蹈，拉起妈妈的手跳起了欢快的塔吉克鹰舞。小家伙还不时用汉语和塔吉克语交替着唱歌，仿佛把人们带到了雪山、草地、湖泊与葱岭古道的帕米尔高原，雄鹰飞翔的姿态保持着原始亘古的高度，塔吉克人曼妙的舞姿以及鹰笛的悠扬，成为苍茫雪域强劲的生命韵律，观者无不动容。

十多年的风霜雨雪，十多年的无怨无悔，使比比热汗收获了很多荣誉。获得新疆"最美警察"、"三八红旗手"等称号之后，比比热汗又光荣地获得了"全国民族团结进步模范个人"称号，受到了党和国家领导人的亲切接见。比比热汗出名了、走红了，她被人们亲切地称为"高原女儿红"。

这是一片幸福的乐土，是一幅大美的画卷。画卷中，比比热汗这位塔吉克姑娘用实际行动谱写了一曲"花儿为什么这样红"的巾帼英雄赞歌，开放成帕米尔高原上一朵美丽鲜艳的花朵！

（原载"中国公安文学精选网"2015年12月24日）

 诗 歌
(2015 年度)

红绿灯下

陶雅婷

寒来暑往，冬去春来
生命的星光在城市的灯影里闪烁
日复一日，年复一年
脚印，重重叠叠
如一枚枚深刻的图章
如一轮城市的方向盘
写意着祥和与平安
伫立街头，我是都市的岗哨
面朝繁华，我是朴实的标杆
头顶警徽
在闪烁的红绿灯下
挺立如松，绚丽如虹……

（原载《人民公安报》2015 年 10 月 23 日）

雪"染"警徽更闪烁

李 慧

一场大雪,不期而至
隆冬瑞雪,喜兆丰年
看窗外,银装素裹,分外妖娆
看路上,警灯闪烁,交警坚守

低温,寒风,冻雪……
迎风而上,你们是一只只精隼的猎鹰
踏雪前行,你们是一座座移动的信号灯
拥堵在哪里,你们在哪里
困难在哪里,你们在哪里
醉美的风景里,没有人不为你竖起大拇指

平凡得像块砖,却铺就了人们回家的平安路
平凡得像盏灯,却照亮了人们回家的团圆路

是什么让你们忘我地坚守
是什么让你们满怀着激情
是信念,亦是责任
茫茫大雪中,雪"染"警徽更闪烁
人潮涌动中,成为老百姓心中不倒的丰碑

(原载《大众日报》2015年12月11日)

世上有种美丽的花

——警花赞

佘芳芳

世上有种美丽的花
在铁血阳刚的天地里吐芳华
把温柔注入那身藏青色
掩藏了红装素裹的妖娆
展现出英姿飒爽的奇葩

这些美丽的花
绽放在三尺窗口
亲切的话语如甘霖
滋润着群众的心田
迎来送往
笑靥如花

这些美丽的花
盛开在十字路口
俊秀的身影像导航
叠映出城市的红绿灯
寒来暑往
两肩霜花

这些美丽的花
摇曳在大街小巷
坚定的步履似磬鼓
奏响出平安的旋律
披星戴月
熠熠生华

世上有种美丽的花
在铁马冰河里铿锵绽放
在风刀霜剑里芳香流淌
风雨中筑起浪漫真情
刚强中写意温柔妩媚
用闪光的警徽捍卫法律的尊严
用坚固的金盾守卫人们的幸福
用柔弱的肩膀扛起了平安的责任
用无悔的青春扮靓了祖国的风华

(原载《剑胆琴心》2015 年第 8 期)

英魂总是警徽最深的注解

徐永强

黎明的枪声
把河北肃宁的一个小院囚困起来
一场关于生和死的抉择,对峙着
那些冷漠的咒语和质问
饰点惊心动魄的象征

风还在无声地哀恸
倒下与坠落的弧线,解构了
牺牲或爱情的定义
电光火石间的果敢和坚贞
勾勒出悲凉而沉痛的一种凋零
羽化的生命在瞬间舞成一对蝴蝶

当一缕晨曦如泼

黑却缓缓走来,大地呜咽
一颗罪恶的子弹,猝不及防穿透生命
职责和使命守望着
警察的忠诚与不朽的爱情
那一瞬,沥血的灵魂构成一幕悲壮

在蔚蓝的天空下
疼痛早已凝滞不动,献身的方式
灼痛了不死的良知与不僵的感情
凸现的尊严,是否能滤过
流言蜚语和局外的旋涡

血色,还在守望曾经映照的誓言
在所有的从警故事里
铸就让风雨黯然失色的离别
天地之间,英魂总是警徽最深的注解
那些悲,那些痛,都从胸腔间迸发
一路扬洒,悲歌三叠

(原载《平安时报》2015年6月23日)

父母亲情

赵德印

一年有多少天
这是一个时间的概念
一年在家有多少天
这个无法用时间计算

一年有多少天
四十三里路段
这是老家到我单位的路线
也是直线距离的换算

一年有多少天
这是一个抽象的时间
因为平时很难与父亲 母亲
以及儿子吃个团圆饭

一年有多少天
两袋烟的时间
大年初二 一家人见面
终于在餐桌边品尝茶点

一年有多少天
两双泪眼 两对视线
父母总在家门旁边期盼
却少见儿子归家的场面

一年有多少天
一声感叹
承载着梦中心愿
不觉 泪已成串

（原载《时代青年》2015年3月）

警 嫂

陈景程

你跟警察一样虔诚
虔诚到爱屋及乌,爱他
也爱他的信仰
你比警察更加伟大
伟大到义无反顾地承担
本不属于你的牺牲

你想做一叶自由漂流的船帆
可是你却成了包容一切的海洋
你要找一个坚强温暖的依靠
可是
你却站成一根不能抽离的支柱
再大的风雨

有你就不冷
再多的凶险
有你心就不会倾斜

你就这么一次又一次地
颠覆着父母和孩子的想象
用单薄的身体为你的亲人
堵住被命运撕开的一个个豁口

（原载《人民公安报》2015年7月10日）

走访一位乡村老警

徐振江

那时
该有多少年轻呀
连梦都是花开了的梦
在这一小块乡村
那个小警察小刘
硬是用去三十年的光阴
把自己熬成了
乡村里的老警老刘
曾经试过
离开这儿仅仅几天
心里就空落落的
像丢了魂儿
这个老刘呀

注定一个
当乡村警察的命

走访之时问老刘
是什么牵着你
在这尚显清苦
偏僻的乡村
让你留下了人
更留下了心
是那
平常琐碎 鸡毛蒜皮
是那
田间地头 走村入户
是那
坐上农家热热的炕头
聊民情解民意
最寒冷的冬天
都不再冷的
那份贴近
还是你
那巨大的成就感
必须由这一块
最散发泥土芬芳的乡村
得以最生动地体现

还是百姓的心疼
也是你的心疼

而老刘的回答
如一条朴素的真理

三十年了
就是一块石头
也会焐热的

只是有一个问题
是老刘暖热了这一块乡村
还是这一块乡村
暖热了老刘
直到如今
老刘还是没有弄清

(原载《人民公安报》2015年10月16日)

女法医

张振刚

灯光和墙壁是白的
工作台、手套
以及纤纤细手
也是白的
白与黑,从来势不两立

器械冰冷
空气冰冷
只有深夜最深处的冰冷
令罪恶打战

对话无声
与发肤、颅骨、五脏、六腑
蛆虫、毒物,以及含冤的魂灵
用纤细把隐藏的罪孽

一点点剥离
刀尖的分量何止千斤

靓丽在窗帘打开的刹那
尽情舒展的
除了长发,还有雀跃枝头的
满目春光

(原载《广西法治日报》2015年6月9日)

致我的战友

张建文

知了
又在树丛间不倦地唱着
那古老而单调的歌谣
明晃晃的阳光
洒落在城市里的每个角落
路的两旁
那静默的卫士
早已换上一片新绿

远方的群山里
在蜿蜒曲折的山涧中
有小溪踏着欢快的拍子
向着梦中的海洋奔跑着
哦
在这一路向东

千回百转的路途
你是否感到孤寂
还是
已经感觉到
那遥远温润气息的召唤
还有
那排浪拍岸的欢呼

啊 亲爱的战友们
在每个风吹过的夏日里
在晨雾还未尽散的拂晓里
机车的轰鸣声
已唤醒了城市的静谧
像往昔每个寒暑的清晨和黄昏一样
我们交警
站在城市的每个交会点
那此起彼伏的哨子声
也是建设城市乐章里
小小的音符吧
那坚定果敢的手势
就是滚滚车流的指挥棒
啊 亲爱的战友们
我知道
在我们的身后
家里
一样有慈母的牵挂
一样有孩子的殷殷期待
一样有妻子的嗔怪
饭冷了 菜凉了
又热了 又凉了

但我们依旧在人潮渐散的黄昏街头
坚守成
不变的风景

(原载《啄木鸟·公安文学专号》2015年冬季号)

青春梦之歌

徐正彬

青春如云,她以蓝天为底,俯瞰大地,
时而风轻云淡,时而浓云密布,
时而洁白无瑕,时而乌黑滚滚,
但她前进的步伐从未停歇;

青春如海,她以大海为榜样,辽阔无边,
时而波涛汹涌,时而风平浪静,
孕育着无限的生机与活力,
用宽阔的臂膀承载着一切;

青春如诗,她以生活为题材,多彩多姿,
时而慷慨激昂,时而潺潺婉婉,
激情书写着她的流光溢彩,
梦想充实着她的全部篇章;

青春如梦，她与梦幻为舞，若即若离，
时而如痴如醉，时而心惊胆战，
犹如梦境般幻化生长，
在转瞬即逝间留下永恒；

青春如画，她似一张无字的白纸，
任你在纸上任意书写，
不需要理由，不需要允诺，
只需要你尽情地挥洒；

青春如歌，她似一江春水蜿蜒流淌，
歌中有你有我，歌中有父母亲朋，
时而激情豪迈，时而百转千回，
唱出心中喜悦与感伤；

青春无瑕，她似一块洁净的白玉，
没有一丝瑕疵，没有一丁斑痕，
透过她可以看到你的内心，
在你的胸膛怦怦跳动；

青春无悔，她是你从警之路的开始，
藏蓝是你的底色，警徽是你的荣耀，
用青春书写警营之歌，
无悔地走在从警路上。

(原载"中国警察网"2015年4月15日)

长江　每朵浪花都有了哭声

周孟杰

1

一群看夕阳的人
一群走在夕阳路上的人
一群江风吹起白发，白发迎着江风的人
在入夜的灯火中，失散于两岸的灯火

闪电撕开天空
狂风撕开江水，航船瞬间倾斜
厄运把手伸过去

长江，每朵浪花都有了哭声
大地，十三亿颗心突然悬空
亲人，每次晕眩都是黑夜无边

陌生人,每次祈祷都是泪花安眠

一场生命速救正惊心动魄
整个家国与江水不共戴天
今夜,我点燃摇曳烛火
江水黑暗,为何还这么深

2

万家灯火中,告别万家灯火的人
看夕阳,告别斜阳的人
风景处,被风景淹没的人

长江,每朵浪花都有了哭声
白旋涡卷走稀疏白发
黑色江水关闭黑色大门
我恨浪花假面微笑
每道涟漪面露狰狞
江水,你是整个国家的公敌
每双手都想扼住你汹涌咽喉

长江,每朵浪花都有了哭声
每次波涛都顿足捶胸
我恨你温善的波纹
让失去的聆听重听涛声

3

冰冷江水,这地狱之门
今天,我要撬开

漆黑深水,这地狱深度
今天,我打开通道

那里,我白发的父母与幼小的女儿
那里,我生命不能割舍的一半疼
一分一秒都如此漫长
一分一秒都是希望微亮

奋不顾身的潜水员
置生死于度外的营救者
日夜无眠的指挥者
默祷者
你指尖将是生的另条通道

分秒必争,生死大营救
分秒必争,生死争夺战
如果让时间慢一点,再慢一点
如果让江水慢下来,再慢下来
我愿扼住时间与长江的咽喉,决一生死

(原载《文艺报》2015 年 7 月 10 日)

致牺牲民警和他的妻子

史贵中

一

虽然每一次出警
都可能是生离死别
但是你断不会想到
在这个暗夜里
在这个杂草丛生的院子
你的警察生涯
你所有的光荣和梦想
都戛然而止于夜的深处
射出的一簇散弹 脚步杂沓
人影幢幢 狗吠声间或传来
那一刻

甚至没有人知道你的死
直到第一抹晨曦
发布消息
太阳照样升起
你沸腾的血液渐渐冷去
任凭人声喧哗
你只在警官证的照片上
示以我们一丝若有若无的笑意

二

你在呼唤他的名字吗
你在追赶他的脚步吗
你是怕他一个人孤单吗
于是
你纵身一跃
就从这个世界
到了另一个世界
你只是纵身一跃
就完成了一段传奇
可是嫂子
我的傻傻的嫂子
你知道天堂里
有多少警察兄弟在迎接他吗
况且还有你和他的白发双亲
他们老泪纵横
原本是来送别一个警察儿子
却看见你们两个渐行渐远的背影
如此的决绝
如此的匆匆

你的心肠到底是软
还是硬

(原载《啄木鸟·公安文学专号》2015年夏季号)

警 嫂

柳永建

一个普通的称谓
和一个刚性的名字结缘
承载这一份荣耀
成就一生的爱

有过憧憬
畅想过未来
生活的油盐酱醋
调和着太多的无助无奈

长夜里
你执着守望
风雨中
依然默默地期待

几多生活历练
心庭愈加敞亮
几经风霜雪雨
容不得一丝阴霾

你是金盾后面
一根不褪色的红丝带
一头系着老人的安慰
一头连接花朵绽开

你是警徽上面
一道闪烁的金光
一端辉映万家灯火的温暖
一端放飞你梦中的那一片云彩

（原载《人民公安报》2015年3月6日）

清网进行时

王运平

年末的中原大地
寒风迎来战士远行
为了父母妻儿的叮咛
从接令到出征
经历着一场没有硝烟的战争

岁首的黄淮平原
晨曦记得硬汉背影
为了千家万户的安宁
从黑夜到黎明
闪烁着一双不知疲倦的眼睛

乔装打扮的钓鱼翁
在挥竿抄鱼的镇定中

脑海里盘算着抓捕的场景
从蹲守到冲锋
嫌疑人来不及从睡梦中惊醒

跋山涉水的探路者
在海拔4000米的工地上
心里面锁定了逃犯的行踪
从内陆到边境
那张网从来未停止过清零

（原载《河南公安报》2015年1月12日）

我们永远并肩前行

许 鹏

一个坚定的选择
让跨进警营的梦想成真
我走进了你
站在了你的身旁
此时的我
稚嫩，欣喜，甚至疯狂！
我从繁忙的缝隙里用心回味
你那深邃的眼神、坚定的目光、从容的身影
告诉了我
要成为一位合格、优秀的人民警察
需要做的有很多、很多
你不只是一个人
你是千万个经历了岁月磨炼与洗礼的英雄

你是前仆后继为公安事业奋斗终生的楷模!

人们知道
从警的路上,有太多的孤独与你做伴
亲人们在团聚、朋友们在欢笑
你却坚守岗位
用你的汗水和鲜血
告诉世人,什么叫做"奉献"!

有时你忘记了很多
当你守候在冰冷的路口
伺机抓捕犯罪分子
你忘记了自己还在生病虚弱的身体
当你在烈日炎炎下
于车水马龙之中
挥动着疲惫不堪的手臂,指挥交通
你忘记了盼望你回家团圆的家人
当你走村入户
穿梭忙碌在走访居民的夜晚
你忘记了还生病卧床的母亲
当你冒着狂风暴雨
送回求助的老人
你忘记了在等你接她放学回家的女儿
正哆嗦着自己冻得发紫的小手
当你握紧手中的钢枪
准备冲锋、出击的时候
你把生命置之度外
当你冲在抢险救灾、维护稳定的前沿阵地时
你忘却了流血,甚至牺牲!

然而
人民警察的承诺和使命
你永远都不会忘记!
你不会忘记违法犯罪者的模样
你能够熟悉辖区每一位居民的脸庞
你一身正气
却又充满热情
你忘却了自己
却永远记着别人
你独自享受着寂寞
一人承受着重担
自愿放弃休息和团圆
坚守着理想与信念
保障群众的生命财产安全是你最高的追求
解决群众的困难求助纠纷是你坚定的职责
似乎平淡,却不平庸!
因为
你知道,作为一名人民警察
能做的和可以做的,还有很多!

你用热血守护着平安
你用责任践行着承诺
其实
你并不孤单
你有理想
你有信念
你有一直让你牵挂的群众百姓
你有四海的兄弟姐妹

我们,永远站在你的身边
并肩前行
共同奋战!

(原载《啄木鸟·公安文学专号》2015年秋季号)

牵 挂

孙燕凌

风儿牵挂着春天
雨儿牵挂着田园
你心中装着百姓的期盼
百姓的期盼
惩腐败 倡清廉
时刻不忘肩头的重担
心也细 志也坚
一步步挥洒的是无悔的誓言
一身正气不懈地追求
只为我们的队伍纯洁蓬勃
一身正气不懈地追求
只为党旗更加鲜艳 更加鲜艳

小溪牵挂着大海

道路牵挂着远山
你忠诚捍卫的是党徽的庄严
党旗的庄严
水在听 山在看
点点滴滴牢记心间
爱也深 情也暖
一次次唱响的是卫士的肝胆
一腔热血忘我地奋斗
只为我们的队伍纯洁蓬勃
一腔热血忘我地奋斗
只为党旗更加鲜艳 更加鲜艳

(原载《平顶山日报》2015年7月)

妈妈，我就是你的女儿

——写给做法医的女警

赵 琳

注定与你半生期冀背道而驰
妈妈
你反对我做法医的声音
在凶杀现场那么微弱
面对停止呼吸的受害者
我必须
一丝不苟，测量，记录
致命伤口的长度深度
警服外套上白大褂
戴上白手套
从现场勘查工具箱
取出一件件工具
你用心浇开的深蓝色玫瑰
摆放在

玩具箱中的水晶鞋
蝴蝶结还没来得及变旧
我便与整齐划一的队列
蓝色线条的严谨
结下不解之缘
当我卸下红妆,把一朵花的
伤感藏进记忆
你陌生的眼神,打量了我很久
——你,还是我的女儿吗
曾经躲过你的唠叨
风一样飞出
掠过时装店、化妆品、美食街
与同学一起
和高中同班的男神搭讪
纤巧十指在钢琴面前
弹出你久违的泪花
此刻,我却坚决地
改变着你期待的风景,一只
逆反的啄木鸟,停在了一棵
挂满死亡的大树
我就是你的女儿,听着
你的故事入梦,长大
慢慢学会了面对你露出
乖巧的笑脸
面对穷凶极恶
保持冷静、细致勘查、抽丝剥茧
把罪恶送上审判台
一寸一寸剪断对你的愧疚
一寸一寸接长百姓的平安

(原载《人民公安报》2015年10月30日)

灿烂的笑容

——为黑龙江消防部队五烈士而作

程建国

1

也许，也许啊
你们是在香甜的梦境中
被那阵急促的警铃突然叫醒
以至那一怀沾晨带露的鲜花
还未来得及献给心仪的爱情
以至对面走过来的父亲母亲
还未来得及喊出那个很乡土的乳名
你们就以军人坚毅的姿态转身离别
让相互搀扶的父母定格在风中盼望伫立

2

其实啊,这样出征的场景
在消防铁军的营房里
时时刻刻,刻刻时时,都在发生
——警铃响起,绝不迟疑
你们从香甜的梦境中一跃而起
穿衣—披挂—立正
然后昂首一声"到!"
就乘驾红色的战车
像一道红色的闪电
疾速抵近那要与烈焰、毒气搏斗的阵地
——哪怕只是一次一般的火警
你们也绝不会松懈丝毫的警惕
每一仗都要打赢——只有打赢啊
才能完整送给人民群众一城一乡的
一乡一城的祥和安宁

3

时间——就是生命
时间——就是胜利
零下二十多度的严寒
火龙腾天的嚣张架势
危楼随时坍塌的险境
都不能阻挡你们向前延伸的身影
既然为了人民群众的利益而来
就要最大限度减少人民群众的损失
刀山要上啊火海要蹚

消防战士一不怕苦，二不怕死
你们用自己短暂无悔的人生
践行了曾经举起过右拳的宣誓

4

疯狂的大火啊终被扑灭
繁华的街区啊未成废墟
一座大城市里突然窜出的火魔
受到了强而有力的打击
那一天啊太阳看见
你们的汗水和意志
随着水枪怒射的水柱
凝结在那座城市的胸襟上
仿佛一条功勋的绶带——庄重而圣洁
那一夜啊月亮看见
你们年轻的生命
从无数市民的眼角里涌出
是那样的疼惜
是那样的温馨
又是那样的难以抑制
他们是在用心认可你们啊
——你们不愧是他们的兵子弟

5

平时训练养成
战时不差半分
你们英勇履职
人生辉煌壮丽

军人的忠诚 使命 责任
你们作了最深刻的诠释
忠诚跳在心中军旗簇拥党旗
使命流在血里日夜听候号令
责任重如泰山冲锋坚定不移
面对牺牲——也要把任务完成
面对恶敌——也要去亮剑拼刺
是啊,强军梦的威武方阵
正是由你们这样有血性的灵魂巍峨组成

6

红色的基因为你们军人的信仰打底
你们淬火而生又成为红色的因子
这因子像阳光,这因子像空气
你们正在以你们神圣崇高的方式
不断推醒那些——
还在人生道路上徘徊迷茫的追寻
不断为那些为了崛起中华而奋斗的人们
——加油 给力 鼓劲
中国梦梦想成真的那一天
欢庆的人们一定会在五星红旗迎风飘扬的风采上
看到你们灿烂幸福的笑容
——那是你们曾经作为一名共和国士兵的永远光荣

(原载"中国公安文学精选网"2015年2月3日)

春天的列车

卢鑫婕

当我穿上这一身警服,
胸前的警号便是我起程的车票,
我要坐上那辆开往春天的列车,
沿路撒下我所有青春与梦的花种。

当站所里的红葡萄在烈日中风干,
灵渠千年的江水正暖暖流过我的心田,
当火车穿过黑夜从远方驶向站台,
秦朝的战鼓随着轰鸣也一并穿越梦中。

我要在这远山清水里,静静守候和眺望,
如一朵夕颜,在落日的余晖里散尽最后的芳香。
我要在这斑驳的铁路旁,写下诗意的人生,
在明天的黎明来临以前,我要做一个幸福的人。

(原载《啄木鸟·公安文学专号》2015年秋季号)

登北高峰时想起一位警察兄弟

艾 璞

桂花飘香 板栗挂果 我背负金黄 和太阳一起登高
不断后退的人生目标 推着我前进 攀援
登高时 我的身旁少了一位警察兄弟 他永远离开了我
登上了北高峰 我的情绪却如飘飞的枫叶 坠落了
路过财神殿 我知道金钱又一次迷住了我的眼
我狠下心 如与昔日的恋人 擦肩而过
人世间的悲欢离合 被对面的雷峰塔看得一清二楚

我把桂花看成菊花 同样的金黄色 有不一样的疼痛
是果实 就必须汲取绿叶的营养
是兄弟 就必须同甘共苦 携手与共
一阵莫名的风 吹得我的汗腺紧闭 发抖
我伸出双手 想把一团白云拉下来 当作棉被取暖

我踉踉跄跄地下山了 带着太阳
我的眼泪化成一颗颗掉落的桂花 砸在草地上成了风景
天边隐约的月亮 善意地提醒我 兄弟保重
我对月当歌 没有兄弟的日子里
必须把每一天 当作一辈子这么过

登高 只是为了下坠
没有刹车的下山 既危险又刺激
兄弟 我是只断线的风筝
你的牵挂是一根思念的绳子
冥冥中 静静地拉住了我
使得我在下坠中不至于失足

(原载《平安时报》2015年10月22日)

平凡如是

——写给汪勇

骆 浩

那一年
你走出大山
泉水是你的路标
月光把你朗照
要堂堂正正地做人
父亲的嘱咐——
字字如山

那时的你年轻啊
年轻的你就去当兵
驾驶员　卫生员　通信兵
十七载熔铸骨骼铮铮
当你从部队来到了警营

来肩负社区民警的使命
你知道肩上
这银星有多么重

咸东社区里
你做了一颗无名的树种
带着大山的坚强与厚重
扎根 破土
用脊梁撑起一片天空
串巷子 爬楼道
大问题 小纠纷
不管风霜雨雪
无论赤阳雨冰

进千户门 解百家难
吃朴素饭 思百姓暖
用心去丈量 用爱来织网
管控 帮教 宣传
走访 巡逻 防范
也不知把多少双鞋跑烂
密密的脚印
把社区的每个角落铺满
默默耕耘在这块责任田
你说摆正自己
以心换心 服务人民
向雷锋一样
做美善真爱的发光体
守护社区的美丽
勤责爱——你有你的工作法
万千百——是你给自己制订的计划

"他比儿子还亲"
——这是街坊大妈最真心的表达
"润滑剂 安全阀 灭火器"
这是社区群众给你的美誉

在社区里通报警情
你时常给大家"下下小雨"
那一次 相约咸东
你组织大家搞联谊
群众蘸着墨汁写下一个"家"
送给了你
你泪眼蒙眬
因为你的心
早已安在社区这个"家"里

当大雪纷纷的凌晨
匆匆步巡的你在街头站立
脑海里依稀年迈母亲
她是否正在严寒的大路上
蹒跚着将一个个雪堆子扫起
——那是为了减轻儿子的生活压力
忘不了父亲倔强佝偻的身躯
"饿得清醒 穷得硬气"
八个字 八把钉子
依然气魄地钉在那里
"人家都有房,就咱们没房,
嫁给我,你不觉得亏?"
"那有什么,晚上两眼一闭睡着了,
还不都占那么大点地方?"
多少次梦里打湿双眼

心里总觉得亏欠不安
这么多年
你也顾不上照一张全家福的照片
一心奉献
你忘却了自己
这就是你
这就是你
平凡如是 平凡如斯

(原载《啄木鸟·公安文学专号》2015年夏季号)

我们是一群回到真相的人（组诗）

翟营文

现场

现场不是一种假设，是
时间的最终指认。你必须是
在场者之一，必须先于时间到达
比如此刻你必须和一颗子弹
达成默契，击穿的一个点
永不会弥合。或者为每个伤口
找到理由。现场是时间
结的疤，散发着罪恶的血腥
也是你的一个结，无法绕过
现场有时也是一种假设
引导你误入歧途作出错误的
推断，人有时过分相信

自己的推断而忽视现场
现场始终存在，一个旋涡
接着一个旋涡，吸纳了
人性中最真实的部分

真相

真相有时是枯燥的鲜血淋淋
和你看到的大相径庭
有时只发生在瞬间且无人目睹
真相只有一个，也许不被接受
但它是一切的基础，让本质
回到本质，捕风捉影是
轻巧的，看起来往往更像是
真相，我们挖掘的是
现实主义和历史唯物主义
一次呼吸里藏着霹雳和闪电
也可能终生在边缘徘徊，被
毫不相关缠绕，承担着
山重水复的压力。真相只有一个
水滴的落点或者是下落的状态
羊吃下草或狼吃下羊。我们的
命运和另外的命运紧紧相连
真相就是出口而不是入口
真相是存在的唯一理由

一开始就是站立的

一开始就是站立着的，一种
形式主义和实际意义的站立，没有

回头是岸,我们守护的从始至终
都是一杯清水的清澈,可以
放入一些药,医治顽疾
有豹子的身影出没,被镀成银白色
易于写上规则和法条,远离
迷迭香,远离诱惑和黑
我们一定是站立的,看得见
城市的烟火和忧伤,像一句诺言
遵从时间的选择,我们很少
迷茫,我们站立如初,和屈服于
罪恶心怀鬼胎的人区别开来
不预言未来,不写诗,甚至
不关心气候的冷暖
我们遵从生命也遵从信仰

有一些细节是可以忽略的

比如夜晚灯光照不到的
街道,这里的一小块肮脏刚刚被
擦掉,像忽略掉故事里
的语气词一样忘掉一次小小的不幸
甚至忽略正义是如何阻止
邪恶的,一本书你有权选择
最干净的一页去读。你也可以
忽略一个警察或一群警察
他们努力的支撑。城市的繁盛和
祥和就是结果,在人群拥挤的
地方忘记孤独,喜欢大雪的
浩大犹如最初。在幸福中
去尽兴幼稚和非理性。还可以

忽略冬天盲目的奔走，像一棵
老树因为重新发芽因为春天
而忘记了恐惧和憎恨

对一个乡村的回忆点到为止

这个乡村是颠倒的，我想
那些村民看我们的目光也一定是
颠倒的，那些房屋建在了没有
光亮的地方，如果门窗关闭
那将是灾难性的。他们评判一个人
简单到没有标准。这是一个
多风的地方，风沙迷乱了眼睛
他们有时仅仅因为亲情
就把大多数人视作对立，把警察
的到来视作敌对的一种方式
但他们的淳朴又让我相信
这个乡村从前一定是秩序的
只是他们对丧失有些猝不及防

现在，我集合所有的优秀品质

现在我比以往任何时候
都更想集合起善良勇敢正义无所畏惧
哪怕只拥有其中的一个，就可以
去往更远，渡过河流仰望更高的山脉
有时我觉得空虚，空虚得发抖
我好像只有警察的躯壳，迈一步
都可能被别人看穿，面对穷凶极恶
我可能在内心里先退了一步

但我又必须先于其他站出来
就像春天里第一株迎春花，它的单薄
有如刀刃。我必须先控制自己
才能控制正义的形象不被误解
我要视罪恶如草芥视苍生如福祉
要立地生根心如磐石
哪怕动摇一秒钟，就会倒塌下去
被风吹得无影无踪

警察

警察这个词汇一定是凸显的
高于平面且有些粗糙，相对于
美好的事物它一定是偏重的
沉潜下去或者慢于繁花似锦，有几次
他们几乎就混迹于深颜色中
心安理得，但很快它的尖锐出卖了它
不需要注解，就像城市的砖瓦和
水泥不需要注解一样。它的
阻挡可能改变了风向和风速
让吹到你身上的词汇规整秩序
这样的吹拂更像是真正意义上的吹拂
让城市安稳于钟声和阳光
它的硬朗是相对于梦幻存在的
短暂而坚决，就像口令和秩序
但有时它也是转折
在你的慌乱中开辟出一条大道

（原载"中国公安文学精选网"2015年1月27日）

雪中的丰碑

——致公安交警

俊　霖

风雪翻飞的路口
我蜷缩在可以窥见你的角度
你的信仰
如秦岭山脉一般的厚重
车流涌动的街头
你矗立成一座让我仰视的丰碑
我的灵感
顷刻与渭水一起绵延涌动

每一个街角巷陌
你匆忙闪光的映像
飞掠而来
我在穹顶之下

摊开质朴而单薄的身体
毅然成为你的路
你的肩上闪烁光芒
你的眉宇绽放豪情
金盾的风华
长城的绝代
已无法影射出
麦穗铿锵生长的低吟

斑驳的城
躺在温暖的雪季
蓝白相间的苔衣
爬满岁月的痕
你已不再是孤立的个体
丰腴的城志中
你是一个字符
抑或是一个标点
你的血脉
烙印着这座城
华美的诗文

我在城的腹腔里打坐
一些发自内心的喜悦
萦绕在禅静的庭院
我愿做一袭雪花
恣意飘落在你的脸颊
任信仰的体温
将我全部消融
融化成一滴透明的水
可以在你挥洒信念的路上

相知相逢
来度一场
至死不渝的红尘

（原载"中国公安文学精选网"2015年3月12日）

我是一棵卑微的青草

——致值勤在高原的警察战友们并石头等兄弟

吴顺天

捧着你溪涧的心事,靠岸
了。其实你我之间
没有一脉相承的骨龄,没有
依山带水的根部
我们只用叶子隔空交流,征用
微风倾身亲吻
透过窗外朦胧的影动,用诗
歌素描着孩子
蠢蠢欲动的脸庞,和你一年四
季下雪的呢喃
无论小桥流水,高山流水,都
是高处向低处
往人生最平原的大海航行,可

你执守着季节
盯着一朵朵白云飘移，在一座
信仰的大山沟
在一块与你同名同姓的石头
旁，用你的海拔
刻一个同心圆。我知道，我达
不到你的半径
只有天空的冷，才能覆盖花瓣
泪刺耳地滚动
你说，你是道关口，镇守着尘
世的是非曲直
可我很想采撷，雨后春笋节节
的高节节的空
正如今晚刚好抵达的月光，四
分五裂的词句
辗转着一次次春风的折返。无
法自拔的枝头
灼痛人心的颔首，我只是期待
一场倾盆的雨
能够抱紧此起彼伏的泥泞，还
原卑微的青草
让湿润的静默腮红，让我们各
自守候的净土
羞涩地低下头，点亮那一轮忽
明忽暗的疼痛

（原载"中国公安文学精选网"2015年4月13日）

值班描述

穆蕾蕾

一

风
这空气的水流
逆着街道吹来
有叶子落向湖底
有叶子轻轻摆动
穿行不息的车里
都是人鱼
技巧颇高的人鱼
唯我坐在玻璃门内
观望着鱼群游动
用漆黑的宇宙般的眼睛

而另一个我
则在天花板上看
看我仿佛带在鱼身的探头
那功能强大的审视探头
它会从眼睛中伸出
听觉视觉味觉触觉中伸出
而且也会突生突灭，突然分叉
宛如这刚从天花板上跃下
用蹲姿在看我的眼睛镜头

二

此刻
我是一枚藏青色的螺丝钉
钉在一个琴键的卡口处
玻璃外车水马龙
流动的人车
宛如被摁过的琴键旁
流动的空气与浮尘
阳光之水撒下来
是缓缓升起的弥撒
栅栏，灌木，垂柳
发出黄绿黑的本色尊严
连同梧桐的脱落树皮
都露出肃穆的面容
那是乐章最质实的部分
风吹起
是弹奏者的呼吸
在四周响起
所有的存在

都被这美丽的一天唤醒了
连同我
这最坚硬时分的一枚铁钉
都想起久远的火炉
以及万物在洪荒处的无限交融

(原载"中国公安文学精选网"2015年4月27日)

警事手记（组诗）

郭海滨

大地平安

所有的星星都睡了
所有的草都在安静地生长
大地平安。我们是大地上的祈祷者
肩上挂着闪烁的星光
所有的人都拥抱着梦境
而我们
怀抱信仰，与大地同在

和老乡交谈

这些老乡
其实和我们的父母没啥两样
来到村里,他们会真挚地和你打招呼
请你坐到屋里
守着火炉,和你交谈
他们会讲述今年的收成
和村里发生的事情
火苗哔剥作响,仿佛心在跳动
他们会告诉你一些不为人知的事情
只要你保持倾听者的姿态
出了村子
当他们再次见到你的时候
会面露羞赧之情
他会打动一个警察硬朗的内心
仿佛轻风写下的诗句

唱一首歌给你

嘿,兄弟
昨天你还和我通过电话
声音一板一眼,但饱含对生活的热情
我不能辨别
你是否仍在电话那头真实地活着
因为此刻,所有的时间都因你而停滞
所有的悲伤都因你而失去力量
我的好兄弟,
我只想唱首歌给你

多少年了,我们都在铸造平安的旅途上奔波
很少听到对方的歌声了
那么,就请你耐着性子听一会儿
它会在你进入天国的路上
铺一条撒满鲜花的道路

祈祷

忠诚是忠诚者的路标
像指南针顽强的手臂
像孩子对母亲的热爱
鹰的翅膀,也会被风折断
但飞翔的信念却不会熄灭
我们热爱天空,热爱大地上
茁壮成长的麦子和人群
飞翔的翅膀上写满忠诚
为飞翔祈祷,为生命的空间
祈祷。在大地上我们永不停息

(原载"中国公安文学精选网"2015年5月11日)

蓝色十四行

——守望,在一个有梦无语的清晨

李晓光

我的笔尖蘸满黑色的墨汁
在洁白的纸上行走
梦想
不知道以怎样的方式
抵达
从北方出发
我说我要去远方
我不知道远方有多远
内心一个声音告诉我
还是到遥远的西伯利亚
去等候春天
其实春天一点都不远
只要穿过十二月的寒风

春天带着希望的脚步
一定在下一个路口等你
我离开的前夜
他倒在自己曾经熟悉的土地上
据说是为了抓捕一个歹徒
那是一个我也十分熟悉的小城
曾经留有母爱的温度
和埋藏我脐带血的地方
可惜我没有机会亲眼目睹
英雄倒下的瞬间
于是
在众说纷纭间
我打心眼儿里佩服起警察这个名字
我用笔尖行走
将梦想凝成一道彩虹
写在纸上的分明是蓝色十四行
我爱这抹蓝色啊
它在我梦想停留的地方启程
在北方
我听到一个声音说
离开松木河
我就不是王江了
在一个丁香花开放的五月
一个身影消失在松峰山的小路尽头
我的眼里长满了翅膀
为着身上这蓝色的警服
第一次流下了感动的泪水
最后梦想在一个长满白桦林的地方落脚
身边一个叫邓功富的社区民警
被称作爱民模范的人

以一种方式被人怀念
共和国母亲啊 请放心
我的战友不哭
他们将以最完美的姿态承诺着誓言
守望
在一个个警灯闪烁的夜晚
守望在北方
每一个有梦无语的清晨

(原载"中国公安文学精选网"2015年5月13日)

我是一名村警

张玉波

我让这身藏蓝色的警服,
映衬我守护平安的责任。
我把戈壁荒芜的平坦,
融进我巡逻走访的脚步。
我的身影出没在尘土中,
我的笑容灿烂在田野里。

我的双手,帮助村民种出粮食瓜果,
我的双臂,扛过火魔风灾肆虐危难,
我的双脚,蹚在泥雪风雨春夏秋冬,
我的双目,犀利逡巡一切作奸犯科。

我把瓜果飘香棉田绽笑的生机,

我把葡萄与哈密瓜甜蜜的脆响,
我把邻里和睦笑逐颜开的灿烂,
我把处处静谧漫溢温馨的宁静,
都融进了一个村警的自豪里。

顿时,那泥土的芬芳,
野花的清香,
鸟儿的歌唱,
虫儿的浅吟,
顿时,那过往的艰辛,
孤独的坚守,
结痂的伤痕,
村民的感谢,
全都融入了这自豪里……

头顶是蓝天白云,
脚下是千年厚土,
悸动与不安,刹那间消失,
光荣与梦想,刹那间绽放。

(原载"中国公安文学精选网"2015年5月25日)

草原之子

——谨以此诗献给宝音德力格尔

苏雨景

在阴山以北的乌拉特
风沙吹送着草场,牛羊涌动
风沙吹送着戈壁,经幡涌动
风沙吹送着山峰,信念涌动
风沙吹送着光阴,爱——涌动

你了解乌拉特的每一根草
了解它们内心的小小火焰
风越大,那些火焰烧得越热烈
就像牧民阿爸前进帽下的目光
和蓝色蒙古袍下的体温

草原之子的胎记

就是被那一年的风雪烙下的
之后,你便用全部的血脉去回馈
回馈那一次生命的营救
把心底醇厚的感恩,酿成酒

1670平方公里的土地上
你是御风的骑手,将那么多的日子
融入这一片疆域,这贫瘠而苍凉的嘎查
融入了它,就是融入了更多人的心
就是融入了大海,融入了辽阔

草原无声,记录下一个人的细节
记录下这日出与日落之间安放的灵魂
它是灯盏,朴素的灯盏
打开暮色遮蔽的小路,打开垭口
让阴山安睡,让牛羊回家

春天来了,风继续吹
你热爱的花朵在孕育一场雷霆
它们将不点自燃地盛开,遮天蔽日
人们已经给其中最美的一朵命名
——赛因察戈答

注:赛因察戈答,汉语音译,好警察的意思。

(原载"中国公安文学精选网"2015年5月27日)

大爱无言

——谨以此诗献给全国最美警察薛军毅

王富举

他,有着一个钢铁淬炼过的名字
他,拥有忠诚命名的朴素青春
薛军毅——共和国一名普通的消防警官
因为爱、使命和担当,生命发出了铿锵的回响

如果说,谁敢在肆虐火海中背出194个煤气罐
那他绝对是在用生命与死神对话和舞蹈
如果说,谁能在13年里风雨无阻,寄出133张汇款单
那他或许是试图以灵魂的高贵,擦亮上苍的双眼

18年从警人生路,1000余次灭火救援战斗
当只身爬上挂钩梯,从烈焰中救出被困男童
也许没有人注意到,你的眼中也有滚烫的泪水

当火场倒塌的房体压弯脊梁
你是否有那么一瞬,想起了美丽遥远的故乡

哦,是的,故乡
千里日月照着一个个亲人诀别人世
也照着一名人民警察的无奈和伤悲
亲爱的奶奶,您还好吗
妈妈,别让年迈的父亲为了补贴家用
再去给别人理发啦
还有两地分居勤俭持家的妻子
记得给自己添一件新衣裳
山长水阔,记得替我照顾好女儿
替我照顾好多病的自己

听,清脆的起床哨又一次划破了黎明
曙光即将在一枚国徽里绽放
镀亮营房、跑道,和一张张青春的脸庞
假设云梯、隔热服和呼吸器永远是安静的
假设消防车、水枪永远不被刺耳的警笛唤醒
该有多好啊!你可以安心地深入社区走访、调研
也可以安心地来到学校,来到孩子们中间
上一堂生动的消防课,举行一次逼真的消防演练
——

是的,我赞美过汗水里隐居的星辰
也赞美过泪水里启航的梦想
但我更要赞美那些平凡中的大爱
赞美那些血脉里流淌的清风和阳光

(原载"中国公安文学精选网"2015年5月27日)

大地上的风

——致"霹雳女警"王聪颖

杨 角

把一个1米82的大男人放倒在地上
把一个1米65的女警安排在他身旁
已经试验过——胜利者是那个女警
是大地上的风。一次成功的追捕,我们
没听见枪响
只听见风吹去了寒霜

中国太大了,像13亿人头顶的天空
中国太小了,一个穿警服的女人不经意的一次奔跑
成为报纸上最耀眼的标题
在北京,在宋家庄,在赵公口长途汽车站
大门外的水泥地上,一缕奔跑的风
一次次唤醒我们内心沉睡多年的感动

时间的丛林里,你练就了春风的品质
穿越人群你能看出隐匿其中的杂草
也能看出哪些花朵即将开放
你是修改霹雳的人,是一缕阳光弥漫的清风
让逃逸者被机警包围
让那些生长的花朵
在你这里得到呵护,春风,与阳光

"你为啥这么玩儿命?"
"因为我是风,要梳理时间的乱麻,
要让新鲜的空气占领每一片绿地。"
"因为我热爱大地,要把阳光
带进属于我的每一寸干净的心灵。"
霹雳警花,你的肩头星星也来驻足
你经过的地方,风,也是甜的

(原载"中国公安文学精选网"2015年5月27日)

一树春天

——写给"扶贫哥"安徽宿松县五里派出所所长孙长江

许 敏

从警以来,你说你
喜欢黎明,喜欢曙光
喜欢枝头稚嫩的芽孢
喜欢春天里所有明亮的事物
就像这皖西南山区、抑或临近县城的
城乡接合部,平静,困苦
善良,贫穷,方圆几十里
找不到一个高中生,失学,辍学
一些雏鸟的翅膀颤抖着,寒冷烙痛你
穿警服的心,一棵树要经历
多少雨雪风霜,才能镌刻上岁月的年轮
而你像一束光,不管昼夜晨昏
依然执着地在山野行走

清风抚琴，你的幸福就是给予
从趾凤、下仓到五里，41载春秋风华
18年丹心铸剑，打开春天的内核
你点燃火种，256户特困家庭、36名山区失学儿童
将你的灵魂惊醒，一群叽叽喳喳的雏鸟
也应该拥有鸟语花香，春潮汹涌
你坚信没有穿不透黑暗的光，以热血和滚烫的心
为幼鸟打开春天的旅程，放飞翅膀
你有皖江的柔情，大别山的坚定
头顶警徽，你把阳光上升到照亮心灵的高度
细流汇成江河，你和你的爱心团队
飘扬成梦想与共和国同行的一面旗帜
橄榄枝是你佩戴在胸前最温暖的勋章
每次走在山野田间地头，有人喊你警察爸爸
有人叫你中国好人，有人称你爱民模范
其实你只是个山区普通警察，在通往希望的路上
一路坚韧执着前行，怀揣一粒种子的梦想
你用宽广的胸怀拥抱平凡岁月里的一树春天

注：趾凤、下仓、五里是孙长江工作过的三个乡镇。

（原载"中国公安文学精选网"2015年5月27日）

面 具

黄 玲

纤软的画笔在红尘的染缸漂染,
调色板上凡尘的色彩混合着浓烈的欲望,
最终晕染在凡人自制的苍白空洞的面具上。
原本僵硬的面具瞬间便弥漫了红尘的气息,
喜、怒、哀、乐的彩绘在面具上淋漓呈现。
欢喜的面具,嘴角微扬,面具充满了流光溢彩。
狰狞的面具,绘制的图案黯淡,散发着阴郁幽光。
痛苦的面具,黑灰的颜色厚重了悲伤的气息。
忘我的面具,张扬、醒目、夸张极致的鲜艳。
凡尘虚妄,沿途的风景遇见涂满油彩的面具。
人生的舞会里,当你穿插在灯红酒绿的宴客间,
你是否可以甄别得了面具背后的真实企图,
你是否可以洞察得了面具背后的阴险狡诈,
你是否可以击穿得了面具背后的恶毒谎言,

犀利的眼是否可以穿透面具揭露贪婪与虚伪。
别怕、别怕,这不过是小丑的伎俩,
我会用那海的蓝终将面具的油彩冲刷殆尽,
我会用橄榄枝制成的盾将它的邪恶击打粉碎,
我会用太阳永恒的金光将它阴郁黯淡的幽光覆盖。

(原载"中国公安文学精选网"2015年6月8日)

崖壁上的一株野百合

蓝花布

从出嫁的那天起
你就等待
等待与他的约会和团聚
等到天黑
又等到黎明
等到白发悄悄爬进你的云鬓
你就像一株野百合
在崖壁上伸出期盼的双臂
哪怕风雨来袭
你坚持开花等待
等待一场合欢的甜蜜
你的那个他
只属于你的名分
没有属于你的身

身不由己啊
他甚至没空对你说几句话
年复一年的孤独
更替的岁月
没有压弯你的希望
却在一声枪响之后
折断了你期盼的羽翼
你决然奔赴的黄泉
还能追得上他的脚步吗
轮回的你
我相信
耳后一定会有孟婆给的痣
你轻轻地走了
我看见天空有泪
正潇潇
崖壁百合
静静开

(原载"中国公安文学精选网"2015年6月10日)

生命是最高的诗行

——谨以此诗缅怀肃宁县牺牲的警察同人

沈国徐

生命是最高的诗行
他洒在一张白色的纸上
白是贞洁是悲伤是悼念是光的集合形式
当他的脚步戛然而止,一世之重在倾泻
一颗星星将得到新的力量
我只是复述者
我无法进入那扇已关闭的门
探讨河流、高山,乃至突然增亮的一颗尘埃
怎样划亮原本黑暗的部位
我会很诚实地记录一场光影在变虚中
拯救的终极意义,往往在电光石火之间
被点燃。他积攒的光决定最后的方向

就像诗一样,无论发表或未发表
诗人无法拒绝它的形成
没有后悔的补丁,不能有错别字
生命,我们天天在书写它,叙述它,修改它
这么多年,依然有那么多黑色的蝙蝠
把星辉一次次地玷污
这么多年,把石头磨亮的人,他身体里的
河流一直保留着星辉的样子

忽然读懂为什么人类总是占据着
所知生命的最高形式
那些白纸上的诗行
是一寸一寸向上跋涉的海拔
唯疼痛是神秘的暗物质
是打开另一扇门的钥匙
而打开那扇门的诗行
每次总是用牺牲的疼痛
准确地抓到人类的终极目标

(原载"中国公安文学精选网"2015年6月11日)

2015年的祭奠

——致"6·8"肃宁枪案

于隽永

1

这个季节本来不是用来祭奠的
因为西石堡的麦收已经来临
勤劳的农人早已准备好了一切
包括收割麦子的镰刀,装麦子的口袋,打麦子的晒场
收割机手和新疆-2收割机站在麦地前就要出发了

6月8日这天,天说黑就黑了
黑得让人有些不舒服,
没有人知道,悲剧将在这个小村子里上演
无论是男人或者女人,也无论是老人或者孩子

都无一幸免地卷入这场悲剧
那个平日里不起眼的狂徒
高举着猎枪，狞笑着将子弹射入这些朝夕相处的身体
因为无助，西石堡低下了苍老而羞愧的头颅

2

穿过愤怒地指向天空的麦芒
我的目光锁定在一群汉子身上
接到报警他们就匆匆赶来了，
没有人意识到更大的危险在等着他们
"抓住他，一定要抓住他，
哪怕牺牲也不能让邪恶再伤害无辜"
每一个誓言都铁骨铮铮
于是他们冲了上去，扑向那个土宅子
王伟冲上去了，被打中了胳膊
袁帅冲上去了，倒在了院墙之外
薛永清冲上去了，被猎枪击中了头部
这是一群怎样的汉子啊！！

我从来不愿用时间进行祭奠
因为时间最靠不住，它会很快流失
会让我的祷告无足轻重
可是我仍然忍不住想到了2015年
包括这一年的每一月每一天每一个时辰
过去的和未来的

（原载"中国公安文学精选网"2015年6月17日）

明天　　我就要脱下警服

李江渝

明天　我就要脱下警服
一个甲子的岁月
风一般逝去
退休的命令正在路上
像一缕必然降临的晨曦
一定会　伴随明天的太阳升起

昨天　妻早已将
藏青的警裤　雪白的衬衣
熨烫得平平整整
从未佩戴过的军功章
一排排　寂然无语
铭刻下血雨腥风的印迹

曾经高扬起理想的风帆
风餐露宿　栉风沐雨
曾经穿越黑洞般深邃的疑云迷雾
丛林缉凶　深巷出击
曾经在响彻云天的凯歌高奏之后
把酒狂欢　醉卧不起

曾经行进在似乎永无休止的追凶路上
曾经一旦离开值班备寝室就无法进入酣甜的梦里
曾经无数次幻想"天下无贼"是怎样的传奇
曾经雨夜里默默落泪
曾经梦魇中被追赶至悬崖峭壁
曾经坠入虚幻的深渊　仅存呼吸

曾经无数次问自己
为什么当警察？
为什么　只想当个好警察
竟如此不易？
那一个被叫做"正义"的东西
为何如此令人痴迷？

一路上奔跑
一路上风霜雪雨
即便历经磨难
即便马革裹尸
那盏被称作"奉献"的不灭心灯
仍然引领着无数兄弟前仆后继

无论是选择还是被选择
踏上从警路

就意味着选择了牺牲
牺牲花前月下　闲暇假日
牺牲侍奉双亲　陪伴妻女
直至　仅有的血肉之躯

没有"远大"理想
亦不曾奢望光宗耀祖
穿上警服
就是一个战士
一个即使是化为尘埃
也粒粒都是忠诚的战士

我们和人民在一起
我们是人民撒下的沙粒
像染绿荒原的
种子
我们走过
走过那些坚强和不变的坚持

于是　我们无怨无悔
就如同藏羚羊
在高高的世界屋脊
自由　傲骄
踏雪无痕
蝴蝶一般美丽

于是　我无怨无悔
即便青春花儿一样萎谢
即便岁月磨蚀了曾经强健挺拔的身躯
警辉闪耀　我依然和兄弟们一起

像点点繁星　密布苍穹
护佑祖国大地

（原载"中国公安文学精选网"2015年6月18日）

讲 台

葛峡峰

在甘肃民族学院新警培训礼堂
这一刻宁静
草原在雨水里梳妆
鹰从远处归来
通天山，当智沟草地
都拥有清新的面庞
我坐在年轻的朝气里
目睹他们学习，爱和思念
目睹他们追求的力量
明天我将离开
而二百二十名绽放的格桑
仍将苦守，奔波，接受警营
庄严的洗礼

（原载"中国公安文学精选网"2015年7月9日）

存 在

衡晓帆

我立刻
郑重起来
确保每一步
都发出声响

踢踏
踢踏
踢踏

扮演着自己的
拟音师

(原载"中国公安文学精选网"2015年7月15日)

网 警

郭 卫

目光,
警觉,
飞舞在荧光面前。

键盘,
阵地的排列;
鼠标,
战斗的利剑。
辛劳的网警哟,
扬起了,
出征的风帆。

银行,
网站,

吹起了,
战斗的号角。
敏锐的网警哟,
在虚拟世界构建了,
又一个和谐的春天。

(原载"中国公安文学精选网"2015 年 7 月 15 日)

瞬间感动,那风雨中的民警

陈丙现

站在风雨中　你不是雕塑
可每次都成为最亮丽的风景
长长街巷　高高楼宇
流淌和挺立　以及滚热的情怀
那是任何风雨吹不毁的忠诚

站在风雨中　你不是一棵树
可你的固守比树还要坚挺
扶危助困　你是一把伞
擎起一片艳阳和霓彩
因为信任赋予你闪亮的光明

站在风雨中　你不是铁塔
可你每寸目光都有每寸的安宁

风雨中历练　警徽无尘
因为你是特殊队伍里的一员
光荣与使命让你一身铁骨铮铮

(原载"中国公安文学精选网"2015年7月20日)

树

吕从坚

自站立那一天起
就未曾弯曲
任凭
狂风劲吹
大雪重压
或直立
或夭折
绝不屈服自保

自从警那一天起
就未曾后悔
虽然
身陷险境
积劳成疾

或坚持
或死去
绝不半途而退

(原载"中国公安文学精选网"2015年7月27日)

为警察造像

沈秋伟

沿着法度的正方形
齐刷刷走着正步
沿着社会风险变异的菱形
在陡峭的斜坡面上
与罪恶对峙、肉搏

沿着人民的指令
脸上写满圆圆的笑容
因为圆满度是考核的标准
而面对汹涌的群体
心便拉长、变形
脸却努力保持椭圆形
且让 F1 无限地接近 F2
因为中国警察微笑的质量

与焦距的大小成反比

中国警察的脸入秋较早
黑、白、黄、绿,醋色杂陈
因为睡眠常被蝙蝠驮走
脸上的造山运动比侏罗纪还早
那梦想的光泽也容易蜕壳
因为曾经贲张的荷尔蒙
与警徽里的红色一道燃烧
青春渐渐镂空成歌
只有头顶的帽徽
用银白的表情
曲折表达生命的行程

(原载"中国公安文学精选网"2015年8月5日)

致猎狐战斗中的战友

邓醒群

(一)

为了河清水晏日,有一群头顶国徽的人
面向国旗,许下庄严诺言
向人民承诺,向共和国报告
"猎狐行动",不获全胜
誓不还

(二)

集结号吹响。挥手间,网撒开
利剑出鞘,如电光火石
击破黑暗的封锁。天穹下

正义的光芒喷放。脚步铿锵
无畏路艰险，无惧迷雾重重
从蛛丝中发现马迹，从举足中抓住尾巴
拾起一片叶子，狐狸的洞穴覆灭
嗅觉灵敏，从一只猫的身光闻到狐狸的味道
目光如炬，从熙熙攘攘的人流中
逮住一个背影。再狡猾的狐狸
也被手到擒来

（三）

铁肩担道义，剑胆琴心写忠诚
信念如磐。追穷寇，天涯与海角
死亡，在你字典里找不到这个词汇
威胁，从没中断。利诱，一直在你面前跳舞
刀，曾刺伤你的手，子弹也击中过你身躯
血在流，胆不怯，手不松
狐狸，始终无法躲过你的视线
即使披上了兔子衣服或装上狼的牙齿

（四）

箭在弦上，脚步不停。狐狸能跑多快
猎人，脚步就能追多远。狐狸藏得有多深
猎人，手就能伸得有多长
直教狐狸上天遁地
也枉然

（五）

诺言庄重，掷地有声
使命必达，狐狸落网，捷报频传
喜悦的泪水洗净征尘，疲惫的脸笑容绽放
因为有你，共和国的天空
更蔚蓝

（原载"中国公安文学精选网"2015年8月5日）

兄弟,你是我含泪仰望的飞翔

逯春生

午夜
火光划破孩子的甜梦
爆炸
震颤了宁静的门窗
危难的号角发出鸣响
兄弟
你义无反顾扑向死亡
利剑向毒蛇发出怒吼
警灯国徽矗立如山的行列
生命为生命筑起忠诚的高墙
我在
火浪中挺拔的身躯
就是母亲平安的围障
兄弟去蹈火

蹈火的兄弟
咱爹咱娘
为你骄傲
天津啊海河啊
北京啊长城啊
八月的中国
为你流淌着悲伤
兄弟
黎明来了 云朵正艳
兄弟
群山肃立 凤凰腾起
兄弟
你就是我含泪仰望的飞翔

(原载"中国公安文学精选网"2015年8月13日)

誓言凝出忠诚的血花

张杰帅

你们还好吗？兄弟，消防弟兄！
在水火的挣扎中，生命的力度在盼复。
冲锋的抵触在号角里悲鸣，
兄弟，可不可以慢一点，
在时间的追索中，不要难过，抹去伤感。
你凝出的血花，在深深的祝福中，
开得更好，鲜花的颜色也不及你的魅力。
誓言，你许下的誓言，在一句话都不留的泪中，
千言万语幻化了微微笑，挥挥手。
兄弟，可不可以将你的话留下。
忠诚的爱恋是战友的情谊，是爱情的见证。
你不曾哭泣，我们却在哭泣。
母亲的苍老，眼神的恍惚，
妻子的背影，前生或来世，

在冬的雪里,我在雪地上画了,
你的肖像,在这一年的记忆中,
为了誓言,配合你寒冷的内心,
为了,凝出忠诚的血花!

(原载《山西法制报》2015 年 8 月 21 日)

我爸就是你爸

——写给天津武警的弟兄们

亦 飞

微信里你是萌娃
游戏里我是大侠
你抢了抢了抢了许多红包
我多了多了多了一些外挂
虽然我穿上了警装
我爸还是说我没有长大

常训练你真累呀
上火场我真烫啊
你流了流了流了多少汗水
我开了开了开了青春之花
虽然你穿上了警装
你爸是不是忘了你才十八

都是独生儿女
刚子已经牺牲啦
我若回不来
我爸就是你爸

(原载"中国公安文学精选网"2015年8月13日)

宝贝 只想再闻闻你的味

袁瑰秋

只想再闻闻你的味
我的孩子我的宝贝
哪怕你化成灰
哪怕我心已碎
碎成渤海的水
只想再闻闻你的味
我的孩子我的宝贝
日日盼你不归
夜夜梦你几回
梦回家乡的美
乳水喂大的孩
泪水触摸的魂
你的魂是最香的味
妈妈知道你为了谁

乳水喂大的孩
泪水触摸的魂
你的笑是最甜的味
妈妈懂得你青春无悔
只是 你今生的路太短太累
来生 让妈妈好好再爱你一回
再爱你一回
爱你一回

(原载"中国公安文学精选网"2015年8月18日)

在你离去的日子

方 竹

画外音：
　　碧草接天，伤怀处、众芳都歇。凭谁问、英魂何在？残阳如血。老泪总期春归雁，青丝难系云中月。易水寒、听壮士悲歌，箫声咽。
　　（两名民警推着坐轮椅手持烟斗的父亲出场）

男警：

今天是你离开我们的又一个清明，
天边的云霞似乎特别的浓重。
离开那个无情的夜晚，
每一个日子都是一段漫长的路程。
紫丁香又要开了，

那仿佛就是无数思念的心情。
志刚你可知道？
老父亲由于思念过度，
在高高的脚手架上眼前一黑摔断了膑骨，
将又一个遗憾留给了终生！

父亲：

当我躺在病床上的时候，
我极力忍受的不仅仅是病痛。
我总希望太阳早一点升起，
因为只要看见了太阳，
我就会感到一些轻松。
可是，
每当夜深人静的时候，
我的心还是隐隐地作痛。
你儿时骑在肩头的欢乐，
总在我的眼前晃动。
你第一天穿上警服时的神气，
喜悦里透着庄重。
可如今，
我再也摸不到你乌黑的头发，
再也看不到你天真的笑容。
想你的时候，
老泪和酒酌不尽，
想你的时候，
一只烟斗到天明。
（男警推车与父亲下场）

女警：

哪一个父母能放得下对孩子的眷恋？
哪一个儿女不惦记父母的安宁？
在志刚离开的日日夜夜，
老父母的身边就没断过同志们的身影。
那是我们全队共同的父母啊，
因为志刚是我们的生死弟兄。
志刚的足迹是那样地步履匆匆，
志刚的心迹又有几人能够读懂？
谁不恋妻儿眷意？
谁不念父母深情？
谁不愿日日平安？
谁不知生命珍重？
可志刚心里的天平，
有着自己坚定的平衡。
正是这种平衡，
焕发的是激励，
赢得的是感动，
也正是这种平衡，
大写了人民警察的忠诚。
（男警上）

男警：

从那个时候起，
再难再重的任务就没人叫过苦，
遇到危险的时候从不需要命令。
每个人都说，

要用自己的行动去告慰英灵。
我的好战友啊,
你辉煌的一跃,
让我理解了什么叫无悔的人生。
志刚为了追捕罪犯走得很远很远,
他也许去了月球也许去了火星。
只要犯罪依然存在,
他就不会有归程。
(男女警下,群众女手持一束鲜花上)

群众女:

每年的这个日子我都要祭奠一位英雄,
他为了捕获那个抢劫过我的罪犯,
献出了年轻的生命。
这个感人的故事随着岁月流传,
可我的心却没有一刻安宁。
我真恨自己啊,
在被抢劫的那一瞬间,
为什么没有和歹徒殊死地搏斗,
宁愿那罪恶的匕首是扎在我的前胸。
一个帅气的小伙子,
永远停留在了那个凄苦的日子,
从此富裕人都有了一种感觉叫心疼。
那天送行的队伍望不到尽头啊,
六月的天气为何如此凝重?
闪闪发光的警徽缀在鲜花丛中,
我知道那是一个不朽的生命。
如今他已化作明亮的星星,
高高地挂在夜空,

守护着人类永久的安宁。

（父亲拄拐杖上）

父亲：

我应该理解孩子的选择，
危难关头人民警察只有冲锋。
我应该骄傲啊，
因为我养育了一个英雄。
如今虽然肢体有了残疾，
可是我不能失去劳动。
我一定要站起来，
要用这双健全的手，
捧出一个老工人的一片忠诚。

（男女警上）

画外音（边朗诵边上场）：

征程远，旌旗猎；金瓯重，琴心切。（全体）看英雄剑胆、壮如山岳。夜走东南西北路，日观春夏秋冬雪。但回眸、正快乐家园，平安乐。

（集体谢幕）

（原载"中国公安文学精选网"2015年9月6日）

老枪的背影

杨士鹏

立姿。永远的立姿。高过
猫腰的人头。身材在
博物馆里,干枯消瘦。缄默的
唇口干涩,再也没有火舌
和火药的味道

草根年代的唯一代表。像立起的
一根骨头,又像支撑的拐杖
握在了手中,背在了肩上。最后躺在
玻璃围起的空间里,让无数好奇
与怀念,瞻仰

(原载"中国公安文学精选网"2015年9月16日)

反恐,我们在战斗

郭梦臣

子弹,不知何时悄悄地
镶嵌在那残垣断壁,留下一地弹壳
硝烟,在胡杨林谢幕,阵阵风沙
随直升机卷起,我看到
黄羊跳跃在绝壁,有点惊恐
仓狼急速远遁,落日卸下背影

那些年,我们在一起,一直
穿越火线,匍匐戈壁
岁月就像枪弹一样,陪伴你我
行走在维稳的路上,你说我们是英雄
而我,总觉得自己是那胡杨树
坚守在自己的阵地,千年万年毫不变色

战斗，总是在下一刻来临
枕戈待旦的日子，我们唱着军歌
围着篝火，架子上的烤肉
馋得风儿左右飘忽，中军帐里
将军运筹帷幄，营帐角落，爬虫已
颤颤巍巍地被行军蚁捕歼，臃肿个子
还在摆弄毒螯，总想翻身
不承想，哪有机会哦

如果说，大漠有诗歌
我只能说，那都是英雄用忠骨
刻下的故事，尽管黄沙埋藏、隐没
冲锋的号角，却是那么不舍
大把的青春，谱写将士冲杀的日子
唯有，捷报频传铁马金戈

我总以为，丰碑是石头刻下的
怎样折腾，也是用不完的
因为石头没有生命，直到党旗覆盖在
我眼前躺下的烈士身上，眼泪滑过
我用悲伤化作的清流，突然明白了
警魂是铸就丰碑的原动力，而千千万万
人民大众期盼的和平，就在心底
他们知道，我也知道

星星睡着了，太阳还未睁开眼来
军号声已飞过沧海，正步一切照旧
想和戎装告别，做个归乡的梦，却不得
因为时间不允许，胡贼还在点燃狼烟
装甲车不由自主地奔跑，暮色

已在黑暗中的世界,涤荡战火
让部队开始另一场冲锋

(原载"中国公安文学精选网"2015年10月26日)

警察生活（组诗）

李尚朝

我不想牺牲

牺牲，是一个光荣的词
但代价太大，我不想

我不想我的儿子没有父亲
妻子没有丈夫
母亲没有儿子
我不想流血，疼痛，送掉性命

如果能用智慧、武器
和周围没有生命的一切
我为什么不活着？

世界多美呀
美丽地活着
是美丽的事情

但如果不能,别无选择
正义将被焚毁
美丽将被摧残
弱者将被欺凌
别人将失去儿子、丈夫和父亲

别无选择,除了牺牲
我又怎能犹豫?
——为这个世界
为这一生
为一生的使命
牺牲,也是美丽
而神圣的事情

画警察的小女孩

阳光从窗外飘进来,她还小
她握画笔的手指能被阳光穿透
世界是那么透明,带着阳光的晶莹

她画警察,画警察的帽子和眼睛
画内心的崇敬和神秘
她抬头看到老师,又看看画
她看见的警察,无所不能
像阳光一样,能扫除一切阴霾

夜晚的警笛声

它在紧急地呼啸,让一部分人惶恐
一部分人宁静,一部分人等待
让惊醒的小孩子再放心地入睡
它路过大街,路过小巷
让少量的灯亮起来,又安静地熄灭
在宁静的夜晚,它尖锐的声音
是一种救赎

一个文艺青年查酒驾

如果你醉了
你要让灵魂休息一会儿
在你醒来的时候
它好带你回家

他放下诗歌,来到东转盘
遇到一辆摇晃的车开过来
其他的都可以不说了
在笔录做完以后
司机念叨着那几句诗
面无表情,走进了监狱

一颗子弹的睡眠

黄铜的微光,是子弹的肤色
除了带着它的主人
没人在意,包括子弹自己

也已经忘记

它在睡眠。睡眠
它不是无鳞的鱼,不会动弹
它的生命,将在
唯一一次的闪光中
但它无知。它最好无知
它一旦知晓,就是它的死亡
甚或是人间悲剧

一只警犬的葬礼

古树,花园,小草地
一只警犬,带着它的警号
回到山川与泥土,把它的嗅觉收起来
在鸟虫与夕阳之间
不再感觉哨音与口令
一只警犬,把它的辛劳与功绩
带到泥土之中,把它的光荣与责任
默默放下。它是那样干净
不会收礼,不会徇私,不会渎职
它的一生,与它的葬礼一样简单
它也从没想过,这有什么不好

她是他的桃花岛

阳光的轻烟是怎么闯入了草坪
并不是她关心的事,她关心的是
大哥的心情,大哥对阳光的热爱
以及青草的气息

这个时候,她就是大哥的桃花岛

大哥坐在轮椅上,看到远方
跟从前一样,青春的气息漫过来
他持枪的手那么坚定
他的警服,他的身影都充满魅力
那时候,她说:你是我的桃花岛
我是你的凤尾蝶

现在,她还是好看的凤尾蝶
而他坐在轮椅上,二十年了
他还保持着春天的心情
仿佛花下的游人,听着花瓣的回响
大哥知道,这一切,不是幻象
只因他命中的桃花岛
四季花香,日夜不息

一个听众的演唱会

一首两首三首,他动听的歌谣里
她看见梅花盛开,失联的亲人正慢慢回来

一个人的演唱会,一个听众的演唱会
在派出所的一角,散漫的灯光也来了精神
那个听众,那个被时光冻僵的病人
在他的歌声里,找到了复苏的药
她渐渐醒来,想起了回家的路
听到了亲人温暖的脚步声

(原载"中国公安文学精选网"2015年12月2日)

老去的只是时间

游雪立

凝视
你的目光
穿越了世纪的尘埃
所有的往事
都随着心情走了出来
静静地凝视
不小心
碰落了过去也触动了情怀
半世的硝烟
升腾起漫天飞雪
风雪中有你男儿的豪迈
终于
快乐走进了人们的生活
而你却悄悄地

收藏起故事的情节
让平安永在

憧憬
你的额头是开阔的原野
你的皱纹是时间的缆绳
你的血脉里流淌着岁月的长河
你的心海里响着拍天的涛声

把渴望做成一帧风景
让目光走得从从容容
把憧憬做成一个风筝
让蓝天为飞翔做证

走过了雨走过了风
品尝了胜利也品尝了成功
人世间什么都可以老去
而不老的却是忠诚

回望从前
回望从前
你看着你路过的昨天
风风雨雨坦坦荡荡
光荣与梦想都成为过眼云烟
你只是想把阳光
播进人们的心间
你只是想让岁月
不留下黑暗

默默地

你把使命扛在双肩
任凭重担
把肩头磨出老茧
而你却一如既往地微笑着
了无遗憾

期待
你目光如犁
向大地的深处蹚去
你胸怀如海
撑百船而不显得拥挤

你，在期待
期待安宁的消息
你，在盼望
盼望生活的美丽
你，从容地把信任托起
让平安
沿着你的思维向明天走去

（原载"中国公安文学精选网"2015年12月3日）

滹沱河之诗

陈　良

河边老人
你可知道，凤凰
在烈火中沐浴，方能重生

河老说凤凰涅槃是黑
黑是灯火的熄灭
黑是二岁的生命
黑是轮回
黑是舞动的旋律
黑是脚下的泥土
黑是沉睡的诗

河老你错了？风说凤凰涅槃
是毁灭，是重生

是绚烂的夏花,是洁白的雪
是南国的火,是北国的寒
是大地的葬礼,是天国的歌

夜深了,河老睡着了
风过,诗醒了。嘘:

凤凰涅槃是灯火的熄灭
凤凰涅槃是风的吹散状态
凤凰涅槃是睡醒的诗,是人家的歌

(原载《福建文学》2015年6月23日)

警察之歌

青蓝格格

最冷的冷我们承受过
最热的热我们煎熬过
最危险的危险我们经历过
最美的美时常在我们头顶飘浮
最恶的恶磨亮了我们雄鹰般的双眼
我们把太阳当成月亮的天遣
面对蓝色的闪电
我们，信念如剑——
我们注定是一群披星戴月的人
我们注定是一群斩荆破棘的人
我们深深地懂得若没有
黑暗可入，就一定没有光明可出
这仿佛若没有滴水的温柔
就没有大海的

汹涌澎湃一样……
我们始终把信念与理想当成一场天作之合
当丑陋被我们掀开的瞬间
也即是我们的心灵绽放美好的那一刻
我们是一群上升的人
在我们身体的花园，蜜蜂飞得很远
我们不是领悟不到甜
而是我们甜得把苦也当成了甜
我们是一群下降的人
我们低得不能再低了……
我们已经把根扎进了泥土之中——
对于我们来说，高或者低都是一种奇迹
但对于我们来说奇迹是不朽的
但对于我们来说不朽仅仅只是不朽而已
任何一种不朽仅仅是在为我们的生命诠释出另一种颜色
呵，不朽哦不朽
多么类似于我们头顶警徽的
颜色——
它是托举起我们理想与信念的一种
比金色更灿烂的
颜色
它接近地平线……
太阳是什么它就是什么，光是什么
它就是什么，理想是什么它就是什么，爱是什么
它就是什么，忠诚是什么
它就是什么……

(载"中国公安文学精选网"2015年11月18日)